Bibliografische Information der
Deutschen Nationalbibliothek
Die Deutsche Nationalbibliothek
verzeichnet diese Publikation in der
Deutschen Nationalbibliografie; detaillierte
bibliografische Daten sind im Internet
unter http://dnb.d-nb.de abrufbar.

Herausgeber, Satz u. Umschlaggestaltung:
kukmedien.de – Kirchzell

Druck u. Verlag:
BoD GmbH – Norderstedt

ISBN 978-3-8391-5424-3

Monika Toldrian

Und überall blühten die Kastanien

Es hat derjenige Erfolg erzielt, der gut gelebt, oft gelacht und viel geliebt hat.

Der sich den Respekt von intelligenten Männern verdiente und die Liebe von kleinen Kindern.

Der eine Lücke gefunden hat, die er mit seinem Leben gefüllt hat, und der seine Aufgabe erfüllte – ob entweder durch schöne Blumen, die er züchtete, ein vollendetes Gedicht oder eine gerettete Seele.

Dem es nie an Dankbarkeit fehlte, der die Schönheit unserer Erde zu schätzen wusste und der nie versäumte, dies auszudrücken.

Der immer das Beste in anderen sah und stets sein Bestes gab.

Dessen Leben eine Inspiration war und die Erinnerung an ihn ein Segen.

Bessie A. Stanley

Vorwort

Als mein Großvater ungefähr siebzig Jahre alt war, dachte er, sein Leben könnte nun jeden Tag zu Ende gehen. Zwar war er sowohl körperlich als auch geistig sehr rüstig, aber der Gedanke beschäftigte ihn. Im Winter, wenn er nicht in seinem geliebten Garten werkeln konnte, setzte er sich nun oft an seine alte olivgrüne, mechanische Schreibmaschine und schrieb die Erlebnisse aus seinem Leben nieder, die Sie nun nachfolgend hier vorfinden werden. Ich war damals etwa zehn Jahre alt und verbrachte die meiste Zeit bei meinen lieben Großeltern. Besonders im Winter liebte ich es, auf dem großen Kachelofen zu sitzen, der im Wohnzimmer gleich neben dem Schreibtisch meines Opas stand, und ihm beim Schreiben zuzusehen. Manchmal durfte ich auch lesen, was er gerade geschrieben hatte. Ich erinnere mich noch genau daran, dass ich irgendwann in breitem Hessisch zu ihm sagte: „Oba, do mache mer emol e Buch draus!"
Das Resultat aus diesem Versprechen halten Sie heute in Ihren Händen.

1908

In der Grimmaischen Straße zu Leipzig, der Hauptgeschäftsstraße dieser Stadt, wo heute noch Auerbachs Keller besteht, gab es eine Firma Anton Oehler, Spitzen und Posamenten en gros. Leipzigs Innenstadt war um 1900 nicht größer als 3 mal 3 km im Quadrat. Die Innenstadt war umgeben von einem Ring, der mit lauter Linden bepflanzt war, und nach allen vier Himmelsrichtungen gab es ein Stadttor, das abends geschlossen wurde.

Mein Vater, Georg F., geb. am 01. Mai 1887 zu Leipzig trat Ostern 1902 als kaufmännischer Lehrling in die Firma Anton Oehler, Grimmaische Straße, ein. Er ahnte damals nicht, dass er hier außer seiner beruflichen Ausbildung auch eines Tages seine künftige Ehefrau finden würde. Wally G. war schon ein halbes Jahr früher in die Firma Anton Oehler aufgenommen worden und wurde zur Buchhalterin ausgebildet. Meine Eltern erzählten mir oft aus dieser Zeit. – Mein Vater, wie er alle Abteilungen des Hauses durchlaufen musste, meine Mutter, wie sie den ganzen Tag auf dem Drehstuhl saß, die schweren Kontokorrentbücher herbeischleppen und Eintragungen darin vornehmen musste. Sie erzählte von schlechten Lichtverhältnissen, oft den ganzen Tag über, besonders in den trüben Wintermonaten. Es gab ja noch kein elektrisches Licht, es brannte nur eine stinkige

Petroleumfunzel. Die Angestellten mussten damals auch am Sonntag noch bis 13.00 Uhr arbeiten.

Georg F. wurde damals gleich Gewerkschaftler. Er trat dem DHV (Deutschnationaler Handlungsgehilfen-Verband) bei und kämpfte zunächst einmal mit für einen arbeitsfreien Sonntag. Abends war erst dann Feierabend, wenn der Chef von sich aus „Feierabend" bot. Vorher wagte niemand, nach Hause zu gehen.

„So", sagte der Chef, „Feierabend – die Herren bringen die Damen noch nach Hause!", denn die letzte Pferdebahn war längst gefahren.

Und so lernten sich meine Eltern, Georg und Wally, näher kennen. Georg nahm Wally am Arm und dann ging es hinaus aus dem Stadttor in Richtung Osten, den scharfen Ostwind im Gesicht, aber wahrscheinlich mit warmen Blut und heißem Herzen.

Ja und was soll ich Euch sagen – die Heimbegleitungen sind letztlich nicht ohne Folgen geblieben (eine Pille, wie heute, gab es ja damals noch nicht). Wally, die oft mit im Elternhaus von Georg verkehrte, täuschte eine Entzweiung vor und mied fortan das Elternhaus meines Vaters. Bei sich daheim durfte auch niemand etwas merken – sie schämte sich, und so zog sie aus, in die Hohe Straße , schräg gegenüber von Georgs Eltern. Bald konnte man auch sehen, dass ein Baby unterwegs war. Doch im Geschäft, bei der Firma Anton Oehler sollte niemand etwas wissen und so schnürte sich Wally wie eine Diva und muss unsäglich dabei gelitten haben. Damals war es auch noch nicht üblich, dass man Mutterschutz und Erziehungsurlaub bekam. Es wurde gearbeitet bis zum Umfallen und das dreiviertel Jahr muss eine Tortur für Wally gewesen sein. Aber Georg hielt zu ihr und versuchte, ihr Los zu erleichtern. Schon damals machten sich die beiden Gedanken, wohin mit dem Kind, wenn es erst geboren ist.

Am 04. November 1908 war es dann soweit! In Leutzsch bei Leipzig (heute Leipzig-Leutzsch) fanden die beiden ein privates Entbindungsheim. Dort kam der Junge zur Welt und erhielt den Namen „Walther G." – weil ja die uneheliche Mutter „G." hieß.

Nach wenigen Tagen saß Wally bereits wieder auf ihrem Bürostuhl und versah ihre Buchführung bei der Firma Oehler. Niemand hatte etwas bemerkt bzw. sich anmerken lassen ...

Fortan ging Wally wieder bei den Eltern meines Vaters ein und aus. „Sie waren sich wieder einig!" In Wahrheit waren sie sich ja nie böse gewesen. Nun, die Hebamme behielt den kleinen Walther wohl noch einige Wochen in Pflege. Dann aber mussten Wally und Georg für eine Unterbringung ihres Sohnes Sorge tragen. Sie fanden sie bei einer Familie Adrian van den H. Adrian van den H. war Holländer und arbeitete in Leipzig als Lithograph, lernte auch in Leipzig seine Frau kennen und die beiden lebten in Ostheim (ein Leipziger Vorort im

Osten der Stadt). Sie bekamen scheinbar keine Kinder und nahmen mich in Pflege, natürlich gegen Bezahlung. Meine Eltern hatten eine fast freundschaftliche Beziehung zu diesen H.s und sie besuchten mich fast jeden Sonntag dort.

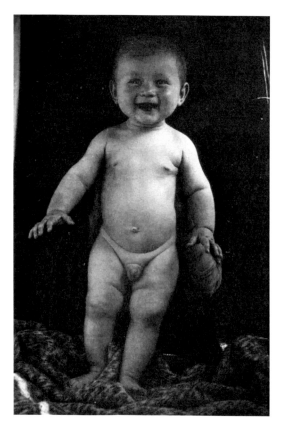

04.11.1909 Klein-Walthers erster Geburtstag

Nun begab es sich aber, dass Herr H., wahrscheinlich wegen Arbeitslosigkeit, wieder nach Amsterdam zurückging. Was sollten meine Eltern machen? Sollten sie eine andere Unterbringung für mich suchen oder mich mit H.s ziehen lassen? Also, sie ließen mich schweren Herzens mit nach Amsterdam reisen, wissend, dass ich bei ihnen gut aufgehoben war. Das war im Jahr 1910!

Georg und Wally wollten so bald wie möglich heiraten. Doch sie benötigten mindestens 1000,- Goldmark zur Gründung eines eigenen Hausstands. Endlich, 1912, hatten sie gemeinsam das Geld erspart. 1000,- Mark war damals eine Menge Geld, wenn man überlegt, dass Georg monatlich 150,- Mark, Wally 120,- Mark monatlich verdiente.

So beschlossen sie, Weihnachten 1912 zu heiraten und sich wie Georgs Eltern in der Peterskirche zu Leipzig trauen zu lassen.

Ab 1. Januar 1913 besaßen sie dann eine eigene Wohnung in Leipzig Stadt, Am Floßplatz 28, IV. Stock, also unterm „Dachjuhee" und mit Blick auf die Peterskirche. Zwei Zimmer, Küche, Flur und Klo.

Ich wurde nun aus Holland zurückgebracht und wohnte fortan bei meinen richtigen Eltern. Georg ließ mich nun standesamtlich von Walther G. auf Walther F. umschreiben und so waren wir wohl endlich eine Familie. Jetzt wurden auch Georgs und Wallys Eltern vom Vorhandensein eines fast vierjährigen Enkels in Kenntnis gesetzt. Großvater

Hermann F. soll „wie aus allen Wolken gefallen" sein. Georg und Wally muss ein Stein vom Herzen gefallen sein, dass sie jetzt ihr Kind nicht mehr verheimlichen mussten.

Die H.s kamen auch wieder nach Leipzig zurück. Und das war gut so! Ich – der kleine Walther – hatte immer Sehnsucht nach Frau H., deren Liebe ich täglich erfühlt hatte. Mit meiner richtigen Mutter wollte ich, nach all' den Jahren bei H.s, gar nicht richtig warm werden. Wally gab sich zwar alle Mühe, meine Gunst zu erreichen, spielte für mich Gitarre, sang mit mir Liedchen, nahm mich an der Hand mit in die Stadt zum Einkaufen, zeigte mir in der Markthalle die Hasen und Rehe, die da hingen, die lebenden Karpfen in den Bottichen, besuchte mit mir Spielwarenabteilungen in den Kaufhäusern Uri und Althoff, besonders zur Weihnachtszeit, und doch konnte ich mich nie richtig für meine Mutter erwärmen. Wie sollte man das erwarten? So ist das, wenn ein Kind in den ersten vier Lebensjahren seine Mutter nicht haben kann und sie entbehren muss. Ich hatte stets Sehnsucht nach Frau H., denn sie hat mich geliebt wie ein eigenes Kind und hätte mich am liebsten behalten.

1913

Georg F. war zu dieser Zeit tätig bei der Firma Hessel und Müller, Posamenten, Spitzen pp. en gros, Leipzig, am Marktplatz.

Meine Mutter fungierte nun als Hausfrau. Es war nicht üblich, dass die Ehefrau arbeiten ging und sie kümmerte sich um Wohnung und Familie. Aber nach wie vor zog es den kleinen Walther zu Frau H., bei der er die ersten 4 Lebensjahre zugebracht hatte. Er konnte sich gar nicht an die „richtige" Mama gewöhnen. Er war daher oft verstockt und widerborstig, und das wiederum reizte die mit Kindern noch nicht so erfahrene Wally. Es setzte daher oft Schläge und Repressalien. Die aber machten es nicht besser. Meinen Vater aber liebte ich sehr. Er hatte es bei mir besser stehen. Meine Mutter mag es gut mit mir gemeint haben, aber ich konnte nicht schmusen, das war nicht meine Sache. Ich machte treu und brav, was mir aufgetragen wurde, mehr aber nicht. Und ich will es gleich hier an dieser Stelle sagen - eine richtige Liebe zu ihr ist bei mir nie aufgekommen. Ein Fest war es für mich, als H.s nach Leipzig zurückkamen und mein Vater oft sonntags morgens mit mir mit der Straßenbahn nach Sellershausen zu H.s fuhr um einen Besuch abzustatten. Da wird auch er gefühlt haben, wie sehr ich an dieser Frau hing. Als 5-jähriger Junge musste ich oft, wenn ich abends in meinem Bettchen lag, an sie denken.

Als der Sommer 1913 kam, ging es sonntags früh oft schon um 4 Uhr aus dem Bett. Der Bäcker Fischer aus der Doufourstraße hatte schon die frischen Brötchen an die Wohnungstür gehängt, man brauchte sie nur hereinzuholen. Dazu wurde Haferkakao getrunken. Dann hörten wir unten schon die erste zeitige Straßenbahn vorbeifahren. Dann hieß es: „So nun die Rucksäcke aufsetzen, mit der nächsten Bahn fahren wir zum Hauptbahnhof." Gesagt, getan, mit heller Begeisterung war ich dabei, vor allem, weil auch mein Vater mit von der Partie war. Ich hatte mein eigenes, kleines Rucksäckchen auf dem Rücken und bald ging's mit dem Zug und per Dampflokomotive schnaubend und pustend aus dem Bahnhof Leipzig hinaus. Naundorf, Beucha, das waren so oft unsere Ziele. Von da aus wurde gewandert zu einer schönen Waldwiese, wo ein Jägerstand am Waldesrand stand und hohe Tannen. Hier wurde aus 2 Zeltbahnen das Zelt schnell errichtet. Es wurde im nahen Dorf mit einem Segeltuchwassersack Wasser bei den Bauern geholt und dann wurde gekocht. Schnitzel mit Erbsen und Karotten und Bratkartoffeln war ein Gericht, das es sehr oft gab. Man konnte den ganzen Tag im Badeanzug herumspringen, im Wald Beeren finden, Eidechsen sehen, Ameisenhaufen und vieles mehr. Das war es, was dem kleinen Walther gefiel, weil sein Vater es ihn lehrte. Drum hing er auch mehr an Georg als an Wally, die immer gleich eine lose Hand hatte, auch wenn es ihr hinterher immer leid tat. So ging

14

es den ganzen Sommer 1913 Sonntag für Sonntag hinaus.

Ende des Jahres feierte ich das erste Weihnachten als Walther F. mit meinen richtigen Eltern in Leipzig, Floßplatz 28, 4. Stockwerk. Ich bekam damals, ich weiß es noch wie heute, ein ganzes Kriegsheer. Da stand es nun, aufgebaut auf einem kleinen Kindertisch, vor dem ein entsprechendes Stühlchen stand. Auch das große Schaukelpferd mit dem echten Fell stand auf seinen großen Kufen wieder unterm Baum. Und so vergaß ich wohl ein wenig den Hang zu H.s, obwohl ich ja mit meinem Vater einen Feiertag nach Sellershausen fuhr, denn dort wollte man mir ja auch mein „Christkindchen" geben und mich mal wieder sehen. Frau H. trug sicher in sich ein stilles Herzeleid über den Verlust ihres Pflegekindes Walther.

1914

Gleich zu Beginn des Jahres 1914 – am 14. Januar – wurde mir ein Bruder geboren, der den Namen Gerhard bekam. Da lag er nun mit seinen großen Kulleraugen im Körbchen. Ich sehe noch heute die Großmutter (meines Vaters Mutter) zu uns kommen, die den Kleinen täglich badete und trockenlegte. Den folgenden Sommer 1914 konnte Wally mit dem Kleinen natürlich nicht mit sonntags wandern gehen. Man beschloss aber, sobald es möglich sein würde, wieder – und dann zu viert – zu wandern. Den Sommer über wanderte Georg

15

öfter mal mit seinem Walther allein hinaus ins Grüne. Für mich war es eine herrliche Zeit, die ich nie vergessen kann.

Werktags, wenn der Vater im Geschäft war, war ich mit der Mutter wieder allein. So langsam wurde ich nun schon mit eingespannt ins tägliche Leben. Ich wurde zum Einkaufen geschickt, Brot holen, Milch holen, mittags für den Vater 1 Flasche Patzenhofer Helles vom Eis. Auch musste ich kleine Wege machen, z. B. zur Großmutter in die Hohestraße, etwas ausrichten oder erledigen.

Da platzte am 2. August 1914 die Mobilmachung und der Stellungsbefehl für meinen Vater ins Haus. Er musste ausrücken als Infanterist mit dem Leipziger Regiment. In Leipzig lagen 106 und 107. Jeder kannte damals den Marsch: „107, 107, ist das schönste Regiment!"

Der erste Weltkrieg hatte begonnen. Der Mord an dem österreichischen Thronfolgerpaar in Sarajewo war Anlass dazu, dass Österreich den Krieg mit Serbien begann. Und wir Deutschen, die mit Österreich unter dem damaligen Kaiser Franz Josef verbündet waren, mussten gleich mit eingreifen. Deutschland erhielt die Kriegserklärung von Frankreich, England, Russland usw. und musste gleich an mehreren Fronten kämpfen. Wilhelm der II hatte ein stabiles Heer stehen und erklärte damals: „Kriegserklärungen werden noch angenommen!" Und so kam der Krieg ins Rollen. Das Deutsche Heer trug bis 1914 bunte Uniformen. Es war eine Pracht, die einzelnen Waffengattungen anzusehen. Die Jäger, die Husaren, die Ulanen usw. Nun aber, mit Kriegsbeginn, kam die neue, graue Felduniform. Ich rieche förmlich noch das neue Tuch, das neue Lederzeug, wenn die Regimenter Kompanie für Kompanie und Bataillon für Bataillon von der Regimentsmusik zum Bahnhof geführt wurden. Die einen nach Osten, die anderen nach Westen. Eine Begeisterung herrschte, für Kaiser, für Reich, wie ich so etwas nie wieder erlebt habe. Es war August. Mit angezogenem Gewehr, oben auf dem Mündungsschoner jeder eine Rose, das Koppel voller Blumen, regnete es Zigarren, Zigaretten und Bonbons, wenn die Feldgrauen ins Feld zogen.

„Es braust ein Ruf wie Donnerhall, wie Schwertgeklirr und Wogenprall, zum Rhein, zum Rhein, zum deutschen Rhein, wer will des Stromes Hüter sein. Lieb Vaterland magst ruhig sein, fest steht und treu die Wacht, die Wacht am Rhein!" So ertönte es laut aus allen Kehlen.

Bald kamen die ersten Siegesmeldungen: Deutsche Luftschiffe über London, Antwerpen genommen, Lüttich gefallen, im Osten Wilna überrannt, Festung Thorn eingenommen, deutsche Truppen vor Warschau und so weiter. Die Alliierten verhängten eine totale Blockade über Deutschland und die Lebensmittelversorgung wurde ernsthaft gestört. Dies merkten wir schon am Ende des Jahres 1914, der ersten Kriegsweihnacht, daheim mit Muttern alleine, der Vater in Frankreich im Schützengraben. Mutter war, wie

Vater auch, Photoamateurin. Sie machte Bilder von uns Kindern mit ihr unterm kleinen Weihnachtsbaum. Kriegsweihnachten! So ging das Jahr 1914 zu Ende.

1915

Persönlich wichtigstes Ereignis – Walther kommt Ostern 1915 in die Schule. In der Aula der 4. Bürgerschule in der Schreberstraße sitze ich mit Mutter zur Aufnahmefeier und meine erste Lehrerin, Frau Käthe Rother, übergibt mir trotz Krieges eine schöne große Zuckertüte. Täglich mache ich nun den 20-Minuten-Weg zur Schule, vom Floßplatz, die Simonstraße entlang, vorbei am Leipziger Gewandhaus, vorbei am Mendelssohn-Bartholdy-Denkmal, durch den Johannapark, vorbei an der Lutherkirche zur Schule.

Die Frauen des 1. Weltkrieges bekamen nur eine ganz kleine Kriegsunterstützung, wenn der Mann im Felde stand. Das reichte nicht zum Leben und nicht zum Sterben. Mutter also, als bilanzsichere Buchhalterin, musste arbeiten gehen. Wenn sich nun der Tag neigte, ging sie abends noch nach Abtnaundorf bei Leipzig zum Kammerherrn von Frege-Weltzin und machte ihm die Buchhaltung. Dann kam sie erst nachts 23 oder 24 Uhr heim, mit der letzten Straßenbahn. Währenddessen lag ich mit meinem kleinen Bruder Gerhard längst im

Bett. Da denke ich an einen Sommertag, heiß und gewittrig. Nachts, so gegen 23 Uhr kommt ein schweres Gewitter. Es blitzt und kracht, taghell ist die Nacht gelichtet. Ich nehme den Kleinen in die Arme, habe selbst Angst, lasse sie aber nicht aufkommen. Da endlich geht die Türe. Die gute Großmutter, Lina F., meines Vaters Mutter, erscheint, das Plaid über den Schultern und sagt: „Ihr Kinder, ich bin da, habt keine Angst, es passiert euch nichts." Eine Stunde später kommt auch Wally heim und ist froh, dass sie nach den Kindern gesehen hat.

Immer wieder zogen vor dem Haus am Floßplatz neue Nachschubtruppen vorbei zum Bahnhof, voran die Musik, alles in der neuen grauen Felduniform. Die Zeitungen standen voll von Gefallenenanzeigen.
„Für Kaiser und Reich starb in einem Feldlazarett nach schwerer Verwundung mein lieber Mann, unser guter Sohn, der Kanonier X. In stolzer Trauer!"

Da tönt es von unten herauf: „Extrablatt, Extrablatt!" Die Mutter drückt mir 10 Pfennige in die Hand: „Sause, dass du eins kriegst bei der Lisbeth!" – so kannte man die Verkäuferin des Extrablatts schon.

Wir Kinder zogen mit unseren Lehrern und Lehrerinnen in den Wald. Dort rupften wir Holunderblätter, die getrocknet wurden, für unsere bespannten Einheiten als Pferdefutter. Abends saßen wir Kleinen und strickten Waschlappen für unsere Feldgrauen und packten Päckchen für unbekannte Soldaten.

Aufrufe wie „Gold gab ich für Eisen" holten den armen Leuten die Goldstückchen aus den Verstecken. 20,- Goldmark gegen eine Erinnerungsmünze aus Eisen. Im Rathaus von Leipzig stand der „Eiserne Wehrmann". Für 0,50 Mark durfte man einen Nagel in diesen Holzriesen einschlagen, der dann eines Tages wie gepanzert aussah. Ja, so ein Krieg kostet eben Geld.

Inzwischen war ich 7 Jahre alt und musste schon tüchtig mit ran. Mutter ging inzwischen bei der Friedrich-Wilhelm, einer Lebensversicherung am Fleischerplatz, arbeiten. Ich musste, stellvertretend für sie, an die diversen Ausgabestellen laufen, wo es Brotkarten, Eierkarten, Zuckerkarten, Fleischkarten, Kohlenkarten usw. usw. gab. Die Zuteilungen waren gering. Wir hatten nichts zu feuern. Walther, der wirtschaftliche Junge, ging in das Scheibenholz, sammelte Holz, klaute auf Baustellen, z.B. am Petersteinweg vor dem Verlagsgebäude der Leipziger Neuen Nachrichten, als da das Holzpflaster ausgebessert wurde, die alten abgetretenen Klötze. Dazu stellte ich mir den Sack in eine Torfahrt, schlich mich an die Baustelle, raffte, 3,4,5 Klötze auf und rannte fort damit, zu meinem Sack. Bald hatte ich soviel, dass ich den Sack nicht tragen konnte, sondern ihn heim schleifen musste auf dem Trottoir.

Der Floßplatz, an dem wir wohnten, war ringsum von Platanen bestanden. Diese schälten sich im Herbst. Ich holte mir einen Wäschekorb, packte ihn voller Schalen und schleppte Körbchen für Körbchen nach Hause. So konnten wir in der kleinen Küche schön warm machen. Abends wurde die Petroleumlampe angesteckt, vorher der Zylinder mit dem Zylinderputzer geputzt und der Docht entsprechend rausgedreht und angezündet. Da war es gemütlich. Elektrisches Licht gab es, wenigstens am Floßplatz 28, noch nicht.

Walther musste Schuhe putzen, aufwaschen, spülen, das alles gehörte zu seinen Aufgaben. – Den kleinen Gerhard beaufsichtigen, Schulaufgaben machen und natürlich kochen, damit das Essen fertig war, wenn die Mutter heimkam. Meistens gab es Kohlrüben oder Graupen (die große Sorte, Kälberzähne genannt). Wehe wenn ich vergessen hätte, das Essen zu salzen, oder wenn ich die Suppe hätte anbrennen lassen. So musste ich als 7-Jähriger arbeiten, wie vielleicht einer von 14 Jahren. Und so ging auch das Jahr 1915 zu Ende. Eines weiß ich noch – Weihnachten lag auf dem Weihnachtstisch für mich u.a. das Buch „Sang und Klang fürs Kinderherz" mit der Widmung "Weihnachten 1915 von Deinen Eltern". Das war ein schönes Buch mit vielen Glanzbildern, Motiven zu den entsprechenden Liedern. Ein ewiges Andenken an das Kriegsjahr 1915 für mich. Dieses Buch existiert noch in unserer Familie. Ich habe es meiner Enkelin Moni gegeben.

1916

Die Ernährungslage wird für die Front wie auch für die Heimat immer schwieriger. Drei Landser = 9 Quellkartoffeln und 1 Hering pro Tag, das war schon viel. Die Zivilbevölkerung in der Heimat lief mit eingefallenen Wangen herum, wir Kinder sahen kaum mal ein Ei oder Milch. Die Mutter musste das Brot einschließen und Striche dran machen, die Einteilung für die ganze Woche. Alles war Ersatz – Wurstersatz, Kaffeeersatz, Zucker wurde durch Saccharin ersetzt, Kaffee aus Eicheln gebrannt. Beim Mahlen ging die Schoßkaffeemühle bald kaputt, so hart war das Zeug. Zitronenschalenmarmelade war schon ein Hochgenuss, wenn wir die hatten. Kartoffelpuffer wurden aus gelben Kohlrüben gemacht, Fett wurde ersetzt durch Wachsblättchen, in Größe und Stärke eines 5-DM-Stückes. Damit wurde die Pfanne eingerieben, vorher heiß gemacht.

Hierzu hat mein Opa im Familienkreis immer eine Geschichte erzählt, die ich leider in seinen Aufzeichnungen über sein Leben nicht wiedergefunden habe, obwohl ich sie so schön fand: Er erzählte immer, seine Großmutter sei eine so warm-

*herzige, gute Frau gewesen. Wenn er zu ihr ge-
schickt wurde, um etwas auszurichten oder zu erledigen, sei er ja auch immer hungrig gewesen.
Sehr oft habe die Großmutter dann gesagt:
„Gomm mei Schjunge, ich bagge dir ooch en
Blatz!" (Komm mein Junge, ich backe Dir einen
Puffer). Dann habe sie schnell eine Kohlrübe
kleingerieben, die Pfanne heiß gemacht, diese mit
dem Wachsplättchen einmal eingerieben, und eine
Art Kartoffelpuffer für ihn gebacken. Sofern vorhanden etwas Zucker darüber gestreut und diesen
durfte Walther dann essen und war überglücklich.*

So wurden wir groß und stark! Unterernährt bis
zum Letzten, ohne Fett im Leib, im Winter frie-
rend und blass aussehend, ewig ein Loch im
Bauch vor Hunger.
Die Frauen drehten in den Munitionsfabriken
Granaten, solange Material da war, doch auch hier
wurde es immer weniger. Die Frauen fuhren Lo-
komotiven, Straßenbahnen und machten alle Arbeiten, die ihre, an der Front stehenden Männer
sonst verrichteten. Die Landfrauen arbeiteten daheim mit Kriegsgefangenen und brachten Ernten
ein. Schulkinder sammelten Kräuter für Tee und
dergleichen.

Das Jahr 1916 hatte noch eine besondere Bedeu-
tung für unsere Familie:
Mutter hat eine neue Wohnung gemietet. Wir zogen von der Stadt, vom Floßplatz 28 am

15.09.1916 nach Schleußig, Könneritzstr. 51, 4. Stock. Das war schön. Wir wohnten fast am Nonnenholz und dort gab es Wasser, die Rödel, für uns Jungen. Die Rödel war ein Nebenarm der durch Leipzig fließenden Elster. Hier laichten die Fische und wir konnten angeln, Hechte jagen, Rotfedern fischen. Abends quakten Hunderte von Wasserfröschen. Wir Kinder hatten hier in Schleußig mehr Bewegungsfreiheit. Schon im Herbst 1916 konnten wir auf der Waldwiese im Nonnenholz Laubhütten bauen, durch den Wald stromern und die erste Ernte saurer Holzäpfel, die wild wuchsen, einbringen, um das Loch im Bauch zu stopfen. 1916 war dann wieder Kriegsweihnachten, das 3. im 1. Weltkrieg.

1917

Auch 1917 lebten wir daheim kärglich von lauter Ersatz. Ich gehe zuweilen, ohne dass es meine Mutter weiß, in den, den Großeltern gehörenden, Schrebergarten, draußen in der Südvorstadt am Schleußiger Weg, in der Nähe vom Germaniabad. Dort gibt es im Sommer von dem Birnbaum, der zwei Sorten trägt, ganz schöne Birnen, sogenannte Lorenzbirnen und Muskatbirnen. Im Herbst fallen die rotwangigen Winteräpfel. Ich esse sie aber schon im September, die ersten, die da madig fallen, wandern in meine Hosentaschen. So einen kleinen „Krottengiekser" (ein Messerchen) hatte ich vom „Kneuselgroßvater". Es war ein altes

Trennmesser, welches er als Schneider nicht mehr brauchte und mir gegeben hatte. Wir Jungen ernährten uns außerdem noch „vegetarisch", insoweit, als wir in die Gärten krochen, die sich die notleidenden Bürger notdürftig angelegt hatten, von Stacheldraht umgeben. Hier zogen sie Möhren, Tomaten, grüne Bohnen, Kohlräbchen usw. Aber ernten taten wir Jungen. Wir krochen unterm Stacheldraht durch, den einer von uns hochzog, der andere rupfte ein Bündel Karotten und dann ging's ab auf eine nahe Wiese am Wasser, dort wurden sie geschabt und „verschnappuliert".

Die Mutter ging als Buchhalterin arbeiten, zu einer Firma, die hieß Cyriakus und Nötzel, Holzbearbeitungsmaschinen. Sie vertrat den Hauptbuchhalter, der auch im Kriege stand. Ich ging morgens zur Schule. Vorher brachte ich den 1914 geborenen Gerhard in die Kleinkinderbewahranstalt in die Stieglitzstraße in Schleußig. Dort musste ich ihn um 12.00 Uhr – wenn die Schule aus war – auch wieder abholen. Denn wenn die Mutter zum Mittagessen nach Hause kam, wollte sie ihn sehen. Ich war ein Schlüsselkind. Morgens hängte ich den Schlüssel um den Hals, dort blieb er, bis ich abends ins Bett ging.

Wenn die Mutter morgens fortging, stellte sie den Block in der Mitte des Tisches, schräg an der Wand auf. Darauf stand, was ich tagsüber zu erledigen hatte: Gerhard in die Kinderschule bringen,

selbst in die Schule gehen, Wohnung gut zu-
schließen, nach Schulschluss sofort an die Karten-
ausgabestelle und Brotkarten, Zuckerkarten,
Fleischkarten etc. holen, den Gerhard heimholen,
die Graupen aufstellen, nicht vergessen Salz dran
zu tun, die Treppe im Haus kehren, manchmal
auch putzen, wenn wir dran waren, Treppengelän-
der Staub wischen. Dann kam die Mutter heim.
Ich hatte immer Angst und schaute ihr nur in die
Augen, um zu sehen, wie die Stimmung war. Mut-
ters wasserblaue Augen unter dem Klemmer
schienen immer so kalt und lieblos. Irgend etwas
würde ich schon wieder nicht zu ihrer Zufrieden-
heit gemacht haben. Meine tägliche Dresche würde ich schon bekommen. Und dem war auch meist
so.
Nach dem Mittagessen legte sie sich ein wenig
hin. Ich musste sie rechtzeitig wecken, damit sie
wieder pünktlich zur Arbeit kam. „Heute Mittag
stellst du dich an der Fischhalle nach Fisch an. –
Wage es nicht, ohne Fisch nach Hause zu kommen!", hieß es. Ein andermal gab es Pferdefleisch
in der Lauchstädterstraße. „Stell' dich beizeiten
an, damit wir auch ein bisschen bekommen."
Brachte ich nichts heim, gab es wieder Prügel,
weil ich angeblich zu spät hingegangen war,
wenngleich dem nicht so war. Andere Frauen, die
auch anstanden, drückten mich kleinen Kerl immer wieder zurück: „Du hast Zeit!" Und plötzlich
ging der Rollladen herunter, ausverkauft ... Wer
immer noch dastand, das waren immer viele,

mussten unverrichteter Dinge nach Hause gehen. Oh, weh, mein lieber Walther, was hast du jetzt wider gemacht? – Kein Fisch/Fleisch? Da gibt's wieder Knüppel aus dem Sack.

Zum Spielen blieb kaum Zeit. Als 8 ½-Jähriger hätte man auch daran mal etwas Spaß gehabt. Hatte ich noch Zeit, ging ich unaufgefordert in den nahen Wald und sah zu, dass ich noch ein bisschen Fallholz heimholte.

Heimlich schrieb ich auch mal an meinen Vater, wenn ich wieder mal meine Senge bekommen hatte. An den Soldat Georg F., 15. Komp. Inf. Rgt. Nr. 106, Frankreich.

Die Großmutter aus der Hohen Straße kam manchmal und ermahnte Wally, sie solle doch nicht so rigoros zu mir sein. Das tat meinem kleinen Herzen gut. Doch es änderte sich nichts. Ich getraute mich nicht zu sagen, wenn mal eine Naht in meiner Hose aufgegangen war oder ich einen Knopf verloren hatte. Immer gab's da ein paar auf die Backen. Ich nahm halt heimlich Sicherheitsnadeln und steckte alles zusammen. Aber das dicke Ende kam dann, wenn sie es eines Tages sah.

Auch hierzu gibt es eine, von meinem Opa leider nicht niedergeschriebene Geschichte: Er musste ja immer das Essen kochen. Einmal hat er sich versehentlich von der kochenden Suppe über die Beine geschüttet. Es hat gleich riesige Blasen gegeben, die bald aufgingen. Damit seine Mutter nichts von dem Missgeschick erfuhr, hat sich Wal-

ther die langen, gestrickten Strümpfe über die Wunden gezogen. Die sind dann daran festgeklebt. Und als er sich die Strümpfe ausziehen wollte, war dann darunter das rohe Fleisch. Da er es vor Schmerzen nicht aushielt, hat Wally wohl irgendwann doch etwas gemerkt und ausnahmsweise mal menschlich reagiert und nur seine Wunden versorgt, es gab mal keine Schläge.

Hunger tut weh! Die Brotkapsel war mit einem Vorhängeschloss versehen. Die Kartoffeln waren gezählt, da durfte nicht ein Stück fehlen. Das Stückchen Brot, das die Mutter beim Weggehen zur Arbeit hinstellte, war 5 Minuten später gegessen. So wurde den Tag über gehungert. Ich denke noch dran – da fuhr einmal vom Schleußiger Gut ein Pferdefuhrwerk durch die Könneritzstraße. Der Wagen war geladen mit Zuckerrüben. Der Kutscher saß auf seinem Bock. Wir Jungens rannten hinterher, kletterten auf den Wagen hinten drauf und warfen Zuckerrüben runter bis uns plötzlich die Peitsche des Fuhrmanns um die Ohren knallte. Aber wir hatten wieder etwas zu schmausen und standen in der Torfahrt unseres Hauses, die Rüben verspeisend.

Draußen im Feld hielt die graue Front stand. Es war eine eiserne Zeit. Die Zeitung war weiter täglich voll mit Todesanzeigen: „Für Kaiser und Reich fiel auf hoher See, der ...
fiel vor Verdun, der Gefreite..."

Die Heimat arbeitete für die Front Tag und Nacht. Doch der Hunger raffte auch viele Menschen in der Heimat dahin.

1918

Dieses Jahr brachte dann das Ende des Krieges, wohl aber keinen Sieg, sondern eine Niederlage. Im November war es soweit! Hindenburg und Ludendorff, die oberste Heeresleitung, sahen, dass alles nicht mehr gut gehen würde. Und da sagten diese beiden sehr verantwortungsbewussten Herren folgende Worte: „Um die Substanz des deutschen Volkes zu erhalten und nicht den letzten Mann zu opfern, bitten wir die Feindbundmächte um Waffenstillstand und um Friedensbedingungen." Im Wald von Compien mussten die Herren der Obersten Heeresleitung praktisch die Kapitulation unterschreiben. Dann wurde das deutsche Heer täglich 50 km weiter in Richtung Heimat zurückgenommen. Die Franzosen stießen in die freigemachten Räume nach. Schließlich kamen die deutschen Truppen geschlagen, doch in tadelloser Ordnung über den Rhein. Die Franzosen besetzten das Rheinland. Unter anderem auch Wiesbaden, wo Engländer und Franzosen erst am 30.06.1930 in ihre Heimatländer abzogen.

Ich stand am 11. November 1918 mit Mutter und Klein-Gerhard auf dem Augustusplatz. Es hieß – heute kommt Inf.-Rgt. 106 zurück. Gegen Mittag kamen sie, in langen Reihen. Die Klepper waren spindeldürr, schon lange hatten sie keinen Hafer mehr gesehen. Unsere Landser, wohl geschlagen, aber aufrecht mit angezogenem Gewehr, wie beim

Ausmarsch seinerzeit. „Da, da ist der Papa!!" Da gab's aber kein Ausbrechen aus der Marschordnung. Erst ging's hinaus nach Möckern in die Kaserne. Dort bekam jeder noch was mit, z. B. ein Kochgeschirr, Röhrnudeln, einen neuen Militärmantel und ein Paar Schnürschuhe, so war es bei meinem Vater. Ich aber hatte mich von der Mutter losgerissen und war, eins, zwei, drei, auf die Bagagewagen, die zu Vaters Einheit gehörten, hinaufgeklettert und fuhr mit nach Möckern. Dort ging ich dem Vater nicht mehr von der Seite. Und nachdem er seinen Entlassungsschein hatte, fuhr ich mit ihm nach Hause, nach Schleußig, in die neue Wohnung, die er noch gar nicht kannte. Auf den Straßen sah man allenthalben Soldaten mit roten Armbinden „Arbeiter- und Soldatenrat". Den Offizieren waren die Achselklappen heruntergerissen worden. Ansonsten aber begann sich das Leben langsam wieder zu normalisieren.

Ich könnte gewiss noch viel über die Kriegszeit 1914-1918 berichten, doch mag es genügen mit dem, was ich bis jetzt von mir gegeben habe.

1919

Das deutsche Volk hungerte auch 1919. In den USA organisierte die Quäkerorganisation Lebensmittellieferungen nach Deutschland, insbesondere Swift-Schweineschmalz, Haferflocken usw. Diese Hilfe gab uns die Möglichkeit, endlich

wieder einmal, wie man in Leipzig sagt, „ein Fett-
bemmchen" zu essen.

Mein Vater hatte eine kaufmännische Stelle gefunden bei der Firma Lemp und Sieke, Leipzig.
Sie vertrieben Herrenwäsche, Hemden, Kragen
usw. en gros. Meine Mutter verdiente etwas dazu.
Sie ging zu einem Ing.-Büro Anderegg in der
Könneritzstraße und machte dort die Buchführung. Jedenfalls war die Familie nun wieder zusammen. Bruder Gerhard, der erst kurz vor Ausbruch des 1. Weltkrieges geboren war, war nunmehr fast 6 Jahre alt und mein Vater konnte bereits wieder daran denken, die alte Wandervogelzeit wieder ins Leben zu rufen. Gesagt, getan,
sonntags ging es hinaus mit der Straßenbahn bis
Endstation Probstheida. Von da an zu Fuß über
Meusdorf, Wachau, in Richtung Störmthal und
Güldengossa zum Oberholz, einem damals noch
recht großen Waldgebiet. Manchmal zogen wir
den vierrädrigen Handwagen mit und kehrten
abends heim mit ein paar Säcken Kiebchen (hier
sagt man Hackelchen). Auch Pilze lernten wir
schon suchen und vor allem auch kennen.

Ostern 1920 war Gerhard in die Schule gekommen. Im Juli gab es große Ferien. In der Nacht
zum 1. Ferientag goss es in Strömen. Am Morgen
war es dann klar und schön. Barfuß, wie wir im
Sommer gingen, waren wir früh auf den Beinen.
Gleich nach dem Frühstück ging es hinunter in
den Wald über die Rödelbrücke zur großen

Waldwiese. Plötzlich rief Gerhard: „Walther, da ist ein Häschen!" Es war ein junges Wildkaninchen, das von der Nacht her klitschnass war, es fröstelte. Es versuchte, uns zu entkommen, aber wir kreisten es sozusagen von zwei Seiten ein, fingen es und nahmen es mit nach Hause. Unsere Mutter wollte erst nicht, dass wir es behalten. „Bringt's wieder hin, wo Ihr es gefunden habt!" Aber wir ließen nicht locker. Wir setzten es in einen Weidenkorb und holten Kohl und dergleichen, um das Kaninchen zu füttern. Aber es fraß nichts, sprang in der Küche umher und suchte die Freiheit. Was machen? Mir kam der Gedanke, Wildgemüse zu holen, also Klee, Waldgräser, Himbeer- und Brombeerblättchen etc. Und siehe da, die nahm es an. Zusätzlich gaben wir ihm noch Milch und etwas Haferflocken. Es wurde zutraulicher und gewöhnte sich an uns. Wir gaben ihm den Namen „Nippel". Aber noch im gleichen Jahr, Weihnachten 1920, wanderte es in die Pfanne. Ich sehe uns noch heute heimkommen vom Schlittenfahren, ein paar Tage vor Weihnachten, da lag unser Nippel schon tot auf der Fensterbank. Das bedeutete eine lange Trauerzeit für mich. Als es auf den Teller kam, stocherte die ganze Familie traurig daran herum, trotz Rotkraut, Kartoffeln und Apfelmus wollte es uns nicht so recht schmecken. Sein Pfötchen besaß ich noch lange und benutzte es in der Schule, um die Radiergummifusseln vom Zeichenblock zu wischen. Aus dem anderen Fell hatte mir die Mutter ein Paar Fausthandschuhe gemacht.

Wenn der 11. Oktober eines Jahres kam, so auch im Jahre 1920, hatte meine Mutter Geburtstag. Ich ging am Vortag ins Nonnenholz. Da wurde ein schöner Herbststrauß gebunden aus gelbem, rotem und braunem Laub mit roten Beeren und etwas Tannengrün. Es war ja alles vorhanden. Das war der alljährliche Geburtstagsstrauß, den ich der Mutter stets überreichte. Nachmittags kam die Großmutter, abends die ganze Familie, alles was dazugehörte. Es gab Kaffee und Kuchen, Heringssalat, feingeschmierte „Bemmchen" und Bier. Anschließend wurde gesungen und auch Gesellschaftsspiele gespielt, wie z. B. „Hänschen piep einmal".

Die Jahre 1921, 1922 und 1923 kann man als die deutschen Inflationsjahre bezeichnen. Schon 1919 fing es damit an. Die Notpressen liefen und es wurde mehr Geld gedruckt als nötig. So stiegen die Preise von Tag zu Tag. Ihr, die das mal lest, werdet es kaum glauben können, wenn ich Euch sage, dass ein Brötchen ursprünglich 4 Pfennige kostete, dann 40 Pfennige, dann 40,- Mark, dann 400,- Mark, dann 4000,- Mark, dann 40.000,- Mark, später dann noch Millionen, für Menschen von heute gar nicht mehr zu glauben.
Ende 1923 war 1 US-Dollar = 4 Billionen Mark.

Die einfache Bevölkerung konnte mit den Millionen- und den Billionenscheinen gar nicht mehr zurechtkommen.

Dann wurde ein neuer Weg beschritten, man führte die sogenannte „Rentenmark" ein. 1 Rentenmark = 10/42 Dollar.

Jetzt konnte man wieder einigermaßen rechnen.

In dieser, auch politisch kritischen Zeit verließ ich die Bürgerschule und ging vormittags auf die Prof. Dr. Kühnsche Höhere Handelslehranstalt zu Leipzig. Nachmittags ging ich in eine kaufmännische Lehre im Eisenhandel. Meine Firma hieß Ottmar Feller, Alter Amtshof 4, Leipzig, das ist in der Nähe des Neuen Rathauses.

Taschengeld erhielt ich von meinen Eltern nicht. Ich musste früh von Schleußig nach der Stadt laufen, vorbei an der Thomaskirche, wo einst Thomaskantor Johann Sebastian Bach residierte, zur Handelsschule. Nach Schulschluss musste ich in die Lehre. Abends musste ich wieder heim nach Schleußig laufen. 1923 wurde ich also 15 Jahre alt. Ich trat auch gleich der Gewerkschaft bei, nämlich dem DHV (Deutscher Handlungsgehilfen-Verband, Sitz Hamburg, Holstenwall), der aber in Leipzig am Dittrichring ein großes Verbandshaus hatte. Dort kam ich dann mit anderen jungen Kaufmannsgehilfen zusammen. Dort gab es auch eine Wandergruppe, die „Fahrenden Gesellen", Bund für deutsches Leben und Wandern im DHV. Denen schloss ich mich begeistert an.

Mit ihnen zog ich fortan Sonntag für Sonntag hinaus aus Leipzigs Asphalt in die Wälder im Osten von Leipzig und in die Heide bei Dahlen, Oschatz oder Düben. Wir hatten ein eigenes Landheim in Räpitz über Markranstädt. Dort machten wir auch Fahrten hin. Da wurde gebadet, gesungen, gekocht und gespielt und Sonntagabend ging's zu Fuß oder per Bahn wieder nach Hause, natürlich mit Singsang und Klingklang. Wir hatten viele Klampfen, Flöten, Fideln usw. dabei. Meine Wandervogelzeit und diese Kameraden vergesse ich mein ganzes Leben nicht. Nie wieder wird die Zukunft so etwas hervorbringen, wie es die völkische Wanderbewegung war.

Mein drittes Lehrjahr endete am 31. März 1926. Nun war ich „Kaufmannsgehilfe". Übers Wochenende ging ich grundsätzlich, bei jedem Wetter, mit meinen Wanderkameraden wandern im Sachsenland. Daheim gab es mit Mutter immer Differenzen. Es war ihr zuviel, z.B. meine Wäsche zu waschen. Ich hatte das Gefühl, dass wir uns nie im Leben richtig verstanden haben. Es führte dazu, dass sie mir eines Tages nahelegte, ich möge doch bleiben, wo der Pfeffer wächst. Man legte mir die Zeitung „Leipziger Neue Nachrichten" hin und strich rot an, wo Zimmer vermietet wurden. Mit andern Worten – haue möglichst bald ab! Ich zog also aus. Da ich nur wenig Geld verdiente und ja auch Kleidung etc. haben musste, saß ich mittags in einer Speiseanstalt, zusammen mit Bettlern und Ganoven und aß einen Schlag Suppe für 20 Pfennige. So sparte ich mein Geld, um die anderen Notwendigkeiten bestreiten zu können. Ich wohnte in Lindenau, im Polenviertel. Die Leute sprachen unter sich polnisch. Ich teilte mir mein Zimmer für 15,- Mark mit einem Maurer, der mehr besoffen war als nüchtern. Aber was wollte ich machen? Jedenfalls meisterte ich die Zeit. Nach etwa einem Jahr traf ich mal meinen Bruder, der mir eröffnete, die Eltern würden mich wieder aufnehmen, wenn ich nur wollte. Also zog ich wieder in Schleußig ein. Doch sehr bald war das alte Lied wieder da. Mit meinem Vater war ich alle Zeit einig, nur mit meiner Mutter nicht. Auch hier rächte sich noch immer, dass ich die ersten vier Jahre nicht von ihr erzogen wurde und dass auch sie selbst zu mir, dem unerwünschten Kinde von 1908, niemals die richtige Mutterliebe aufbrachte. Ich war praktisch nur geduldet, besonders wenn es darum ging, dass meine Wäsche zu waschen war oder ein Knopf anzunähen. Mein Vater ging in ihrem Kielwasser. Wally bestimmte mehr oder weniger das Familienleben. Gottseidank war ich am Wochenende immer wandern und belastete die Zweisamkeit der Eltern also sonntags nicht. Jedenfalls war es nicht schön. Ich war inzwischen aus meiner Lehrfirma ausgeschieden. Mein Arbeitgeber war jetzt die bekannte Eisen- und Stahlfirma Gebrüder Röchling, die im Saargebiet, in Völklingen große Stahlwerke besitzt. Man gab mir einen verantwortungsvollen Posten. Ich hatte in

Leutzsch das große Lager und den Versand unter mir und hatte ca. 50 Arbeitern vorzustehen. Täglich gingen 6 – 8 Waggons verschiedene Eisen, Röhren und Tafelbleche ein, die ich auszuladen hatte und im großen, mit Laufkatze versehenen Lager einzusetzen hatte. Täglich wurden auch Waggons mit Moniereisen oder dergleichen zum Versand gebracht. Ich habe die Arbeiter in Kolonnen eingeteilt. Jedesmal bestimmte ich einen Vorarbeiter, der die Verantwortung trug und die anderen seinerseits befehligte. Ich musste morgens rechtzeitig da sein, den Arbeitsbeginn durch Klingelzeichen verkünden, die Pausen klingeln und abklingeln, die Vollzähligkeit und Krankenstand etc. notieren. Meine weiteren Aufgaben waren, zur nahegelegenen Bahn zu gehen, die Versandfrachtbriefe vorprüfen lassen, Waggonbedarf anmelden, wobei die Waggons dann aufs Anschlussgleis kamen und bei uns verladen wurden. Nachmittags kam die Bahn mit der Lokomotive und holte die fertigen, verplombten Waggons ab. Meine Anweisungen erhielt ich vom Hauptgeschäft, das in Leipzig, Elsterstraße war. So musste ich mich schon als ganz junger Kerl bewähren. Die Arbeiter, die teils aktive Kommunisten waren, versuchten manchmal, mich jungen Kerl zu ignorieren. Aber die Vorarbeiter standen mir in solchen Fällen zur Seite. So konnte ich mich also immer durchsetzen, obwohl ich seit 14.09.1926 der Hitlerbewegung angehörte und das auch offen bekundete.

Georg, Gerhard, Walther und Wally - 1 9 2 7

1928 – Mein Schicksalsjahr

Von dem Jahr 1928 behaupte ich immer, es sei mein Schicksalsjahr, das Schicksalsjahr meines Lebens geworden. Ich will dies erläutern:
Nachdem ich mit meiner Mutter dauernd auf Kriegsfuß stand, kaufte ich mir auf dem Hauptbahnhof Leipzig an einem Zeitungsstand das damals vielgelesene „Hamburger Fremdenblatt" und dazu eine Ausgabe der „Frankfurter Allgemeinen". Ich wusste, dass in diesen die Rubrik „Stel-

lenmarkt" immer ganz groß war. Ich suchte nach einer Veränderung für mich, als gelernter Eisenhändler. Ich schrieb auf 2 Anzeigen, eine aus dem „Hamburger Fremdenblatt", eine aus der „Frankfurter Allgemeinen". Als ich sie auf den Weg brachte, dachte ich, na ja, vielleicht hörst du ja mal was. Und richtig, 14 Tage später komme ich unter Mittag aus dem Geschäft nach Hause, da liegen 2 Briefe für mich zugleich. Einer brachte ein Angebot zur Arbeitsaufnahme aus Verden/Aller und einer ein Angebot zum 1. Mai 1928 nach Wiesbaden. Ich hatte von keiner dieser Städte eine genaue Vorstellung. So sauste ich zu meinem Wanderkameraden Heinz Rothe in die Weststr. 42 und wir nahmen die Landkarte heraus. „Mensch, Walther, Wiesbaden, das liegt ganz in der Nähe des Rheins." Und wir beschlossen spontan, dass ich das Angebot aus Wiesbaden annehmen würde. Gesagt, getan! Ich telegrafierte: „Nehme Angebot zum 1. Mai 1928 an, eintreffe dort 1. Mai 28 gegen Mittag." Firma Steib hieß nun mein neuer Arbeitgeber. Anständigerweise gab mich die Firma Gebrüder Röchling in Leipzig auch ohne Einhaltung einer Kündigungsfrist frei. Meine Eltern setzte ich davon in Kenntnis, dass ich also am 30. April nachts um 0 Uhr und ein paar Minuten ab Leipzig-Hauptbahnhof nach Wiesbaden gehen würde. Meine Mutter wird das sicher gefreut haben, dass sie nun einen Fresser loswürde, der zwar immer sein Kostgeld pünktlich abgab, für den man aber auch Wäsche waschen musste. Es kam der 30.04.1928. Ich saß abends die letzten Stunden in Schleußig daheim. 21.30 Uhr sagte meine Mutter zu mir: „Mach', dass Du nun loskommst, wir wollen ins Bett!" Was blieb mir anderes übrig, als zu gehen und mich bis zur Abfahrt am Hauptbahnhof mit meinem Kumpel Heinz Rothe und dessen damaliger Freundin Elly Töpfer (übrigens eine Schulkameradin von mir) im Wartesaal noch ein bisschen zu unterhalten. Die schöne Wanderzeit mit meinem Leipziger Wanderkameraden ging damit zu Ende. Kurz nach Mitternacht verließ mein Zug Leipzig und fuhr in die dunkle Nacht. Mir war ein bisschen komisch zumute, brach ich doch mit dieser Entscheidung alle Brücken in Leipzig praktisch ab. Ich fuhr Bummelzug, der an jeder Station hielt. Da ich nicht viel Geld hatte, konnte ich mir einen Schnellzug nicht leisten. Ich musste ja noch, wenn ich nach Wiesbaden kam, ein Zimmer suchen, Miete zahlen und mich bis zur Gehaltszahlung am 31.5.1928 auch noch ernähren. Mittag, 13.25 Uhr fuhr der Zug in Wiesbaden/Hauptbahnhof ein. Ich schleppte meinen Koffer den Ring hinauf und bog in die Moritzstraße ein. Wiesbaden war zu dieser Zeit wie ausgestorben. Alle Geschäfte hatten zu. Ich staunte über die blühenden Kastanien und auch über den überall blühenden Flieder. In Leipzig hatte man noch nichts Derartiges gesehen. Hier war wohl ein viel milderes Klima.

In der Moritzstr. 9 angekommen, stellte ich mich als der Neue aus Leipzig vor. Reinhard Steib sen., der damals noch lebte, veranlasste gleich, dass ich noch etwas zum Mittagessen bekam. Er hatte noch 2 Söhne, die im Geschäft mitarbeiteten und eine Tochter, die in der Wohnung im 1. Stock den Haushalt führte.

Dann sagte Steib Senior zu Fritz, seinem Sohn, er solle mit mir gehen und ein Zimmer suchen. Das war bald geschafft. Mein erstes Zimmer in Wiesbaden war in der Oranienstraße 42/II. Stock bei Ingenieur Krumm. Schönes Zimmer mit Blick auf die Oranienstraße.

Bei der Firma Steib sollte ich die gesamte Buchführung übernehmen, was ich auch tat.

An meinem ersten Abend in Wiesbaden bin ich noch die im Blütenschmuck stehende Kastanienallee nach Biebrich runter zum Rheinufer gelaufen und sah voller Staunen zum ersten Mal den so oft im Lied besungenen wunderschönen deutschen Rhein. Es war gegen 21.00 Uhr, als ich am Rheinufer stand und gerade ein Salondampfer hell erleuchtet, aus Mainz kommend, in Biebrich anlegte. Ich dachte, ich sei im 7. Himmel. Laue Maiennacht und einen langen Sommer vor mir ... Ich würde also schon mein Schicksal meistern.

So bin ich also nach Wiesbaden – damals Hessen-Nassau – gekommen.

Wenn ich überlege, dass ich später 1939 von hier aus, also von Wiesbaden aus, in den Krieg ziehen musste und nach dem bittren Ende auch wieder nach Wiesbaden zurückkehren konnte und weiter sehe, wie manch anderer in Sachsen leben muss (*mein Opa hat dies noch zu Zeiten der DDR geschrieben),* so werdet Ihr, die das mal lest, erkennen, dass 1928 wirklich ein Schicksalsjahr für mich war.

Nun, morgens wurde das Geschäft um 8.00 Uhr aufgemacht, von 13 – 15 Uhr war Mittag, dann ging's bis 19.00 Uhr, natürlich auch sonnabends, das war damals halt so. Gar bald hatte ich mich an meinem Arbeitsplatz eingewöhnt und war dahintergekommen, was alles zu tun war. Mein Verdienst war damals 180,- DM netto monatlich. Das war 1928 viel und reichte mir völlig zu einem geordneten Leben. Ich konnte mir Kleidung anschaffen und mir auch mal was leisten.

Bald hatte ich Anschluss an die Kollegen gefunden, die meist im Ladenverkauf tätig waren. Einer war aus Sachsen, der hieß Walter Thieme, ein anderer war aus der Pfalz, der hieß Nikolaus M. Von W. Thieme weiß ich noch heute, dass er aus Ottendorf, Kreis Hainichen in Sachsen stammte. Er ist mir aber aus den Augen und aus dem Sinn gekommen.
Jedenfalls fuhren wir Sonntag für Sonntag nach Schierstein zur Rettbergsau zum Schwimmen. Wo heute das Pferd am Luisenplatz steht, genau an dieser Stelle fuhren früh schon beizeiten zweistöckige Busse bis Rheinufer Schierstein. Von da

ging's mit dem Strandbadbootchen zur Rettberg-
sau. Wenn die Sonntagsglocken die Gläubigen zur
Kirche riefen, da lagen wir im Sand und in der
Sonne. Bald tauchte bei Walluf eine Rauchfahne
auf, also ein Schleppzug mit etlichen Anhängern.
Nun stürzten wir uns in die Wellen und mit der
Strömung ging es dem Schleppzug entgegen. Bald
hatten wir ihn erreicht, ließen uns von den Wellen
auf den Laufsteg des Bootes werfen und lagen
dann auf den, von der Sonne erwärmten Brettern.
Wir fuhren mit an Schierstein vorbei bis Mainzer
Straßenbrücke, damals wurde so etwas vom
Schiffmann noch geduldet. In Mainz stürzten wir
uns wieder in die Fluten und mit der Strömung
trieben wir wieder bis Schierstein.
Auf der Rettbergsau gab es ein Strandcafé. Dort
konnten wir zu Mittag essen, schön Kaffeetrinken
und wir taten dies stets, oft auch mit netten Mädchen, die wir dazu einluden und von denen es ja
auf der Hessenkrippe und im Strandbad nur so
wimmelte. Und was lag uns daran, wenn wir mal
ein Stück Quetschekuche mit Sahne ausgaben.
Wir waren ledig, jung und hatten Verdienst.

Bald begann ich auch, mich nach einem lieben
Mädchen umzuschauen. Wenn ich morgens mit
meinen Kollegen vor dem noch nicht hochgezo-
genen Ladenrollo stand, defilierte da so manch
nettes Mädchen vorbei, mit denen wir uns grüßten
und auch zulächelten. Da hatte ich mir eine
Schneidermeisterstochter vom Michelsberg, die in

einer Molkereizentrale arbeitete, angelacht. 16 Lenze jung, hübsch und rothaarig. Das ging eine ganze Zeit mit uns. Aber dann kam immer ein weiteres nettes Mädchen, braunhaarig, braune Rehaugen und von exquisiter Gestalt am Laden in der Moritzstraße. vorbei. Der Lehrling der Firma Steib sagte mir, die kenne er, sie ginge mit ihm in der Handelsschule in eine Klasse. Na, da ließ ich das Mädchen grüßen und lud sie über unseren Lehrling kurzerhand ein. Das Mädchen lernte im Feinkostgeschäft Dolfen in der Moritzstraße/Ecke Adelheidstraße. Endlich klappte es mit dem Treffen. Das Mädchen hieß Dora, war noch keine 17 Jahre alt. Ich machte ihr kleine Präsente, ging mit ihr aus, auch sonntags ins Strandbad. In einem Lederwarengeschäft hatte ich ihr einen kleinen roten Lackkoffer gekauft. Am nächsten Sonntag, als wir wieder ins Strandbad fuhren, hatte sie das ganze Köfferchen voll mit Proviant gepackt. – Kartoffelsalat, Würstchen, gekochte Eier, Obst usw. So ging der Sommer 1928 dahin, wohl einer der seligsten in meinem Leben. Denn die erste Liebe ist ja bekanntlich die reinste und reellste, man schwelgt im Glück.

Bald hatte ich den Wunsch, sonntags mit meinem Mädchen allein zu sein. Ich kaufte zwei Fahrräder und wir fuhren über Klarenthal, Chausseehaus, Georgenborn, Schlangenbad nach Rauenthal oder Neudorf (dem jetzigen Martinsthal). Dort, im schönen Rheingau kehrten wir schön ein, gönnten uns was und waren glücklich.

Bald zog ich von der Oranienstr. 42 um in die Nähe meiner Angebeteten, und zwar zunächst in die Hellmundstraße 6 (benannt nach dem Wiesbadener Pfarrer Hellmund). Unten im Haus war ein Bäcker Faust, bei dem wir viel kauften, er hatte ausgezeichnete Backwaren.

Später verzog ich noch einmal, und zwar in die Dotzheimer Straße 18/II. Stock, zu einem alten Fräulein Becker. Bald ging ich auch in Doras Elternhaus Dotzheimer Straße 21/Hinterhaus/III. Stock ein und aus. Dort wurde ich sehr verwöhnt. Mutter Lina stammte aus Schwalbach, Vater Anton stammte aus Lindschied. Doras Mutter konnte vorzüglich kochen und ich habe oft schon ausgesprochen, dass ich erst in Wiesbaden gelernt habe, was es bedeutet, gut zu essen. Immer gab es vor dem Essen ein Süppchen in der Tasse (Ochsenschwanz oder Brustspitze), dann Kartoffeln, Gemüse und Fleisch. Und gleich hinterher schnurrte die Wandkaffeemühle und es gab noch ein Tässchen besten Bohnenkaffee. Doras Eltern waren fleißige Leute. Vater Anton war bei einem Fuhrunternehmer in der Helenenstraße und fuhr mit zwei Gäulen. Mutter Lina ging morgens schon um 6.00 Uhr ins Theater – putzen. Jeden Abend arbeitete sie zusätzlich noch als Garderobiere im Theater. Daher hatte sie immer Geld in der Tasche. Es fehlte an nichts und es wurde immer gut gekocht. Vor allem der Bohnenkaffee ging nie aus. Mit Vorliebe ging ich abends zwischen 18 und 19 Uhr mit der Lina zum Einkaufen. Da ging es zum Metzger Sichel oder Metzger Menges oder Metzger Baum – alle auf dem Michelsberg. Da wurde ½ Blut-, ½ Leber- und ½ Fleischwurst fürs Nachtessen geholt. Alles wurde zu Hause in Stücke geschnitten und es gab geröstete Kartoffel, Butterbrote und Tee. Man konnte sich so richtig satt essen. Beim Fokter in der Faulbrunnenstraße (das war ein Butter-, Eier-, Käsegeschäft mit mehreren Filialen in Wiesbaden) holte Lina immer ½ Pfund Holländer und ½ Pfund Deutsche Markenbutter vom Fass und 10 – 15 braune Holländer Brucheier, so dass immer was zu Hause war. War der Einkauf erledigt, nahm sie mich oft noch mit in die Grabenstraße zum Weinhaus Kögler. Dort wurde schnell noch „„ein Halber gepetzt", meist nicht ohne vorher ¼ heiße Fleischwurst und einen Wasserweck beim Metzger Bellwinkel mitzunehmen, um diese zum Wein zu verzehren.

Ab und zu bekamen wir sogar ein paar Freikarten für den Theaterbesuch. Zu dieser Zeit habe ich das Theater oft besucht.

Mit den „Schwiegereltern" bin ich damals auch öfter sonntags ausgegangen. Zum Beispiel fuhren wir bis Naurod und wanderten dort zum Kellerskopf. Ein anderes Mal ging es zur Platte (Jagdschloss Platte) durch die damals noch so ruhigen, herrlichen Buchenwälder. Der Autoverkehr war damals ja noch kaum spürbar und nur gering. Es war also einzigartig in dem schönen Kurstädtchen, das damals, zu meiner Zeit, nur 70.000 Einwohner zählte.

Wenn ich in stillen Stunden Vergleiche zog, so musste ich zu der Überzeugung gelangen, dass es mir nie vorher im Leben so gut gegangen war. So lernte ich Wiesbaden kennen und lieben und war dem Schicksal dankbar, dass es mich hierher geweht hatte. Wie gesagt, es ging mir erstmals im Leben recht gut, hier fand ich die erste Liebe, der schöne Sommer 1928 und die schöne Umgebung taten das Ihrige, weshalb ich Wiesbaden auch bis zum heutigen Tag irgendwie liebe.

In Wiesbaden war sozusagen alle Tage Sonntag. Die Leute gingen schön gekleidet, die Mädchen immer chic. Sonntagsmorgens promenierte alles, was sich in einem neuen Kostüm oder Kleidchen zeigen wollte, auf der „Rue" – der Wilhelmstraße. Es gab Blumenkorso am Kurhaus, Konzerte im Freien oder in der Wandelhalle im Kurhaus.
Dazu noch die echte Wiesbadener Sprache, alles verkleinernd: „Es Kindche krieht sei Breiche, sei Löffelche, sei Bobbche, es geht ins Bettche und krieht noch e Kussche, Gesundheit mei Herzche, botz Näsche ins Scherzche ..."usw.

Wiesbaden hatte eine besondere Ausstrahlung für mich und hier fühlte ich mich wirklich wohl.
Anfang Dezember erlebte ich erstmals den Andreasmarkt in Wiesbaden, mit dem schönen „Dippemarkt" auf dem Luisenplatz. Man kaufte schon Kleinigkeiten für Weihnachten. Ich durfte mein erstes Weihnachten in Wiesbaden mit Dora

und ihrer Familie feiern und war sehr froh, dass ich bei meinem Mädchen sein konnte.

So ging das Jahr 1928 zu Ende und manchmal stelle ich mir vor, wie es mir wohl ergangen wäre, hätte ich das Stellenangebot in Verden/Aller angenommen ... Vielleicht wäre ich heute in der Lüneburger Heide oder wäre nach Hamburg gegangen, wer weiß.

Ich danke Dir, liebes Schicksal, dass Du mir hierher geweht hast.

Mit dem 30. September 1928 habe ich meine Tätigkeit bei der Firma Steib beendet. Ab 1. Oktober 1928 ging ich zu der Eisengroßhandlung Will & Co, Adolfstr. 10 in Wiesbaden-Biebrich.

1928 auf 1929 gab es einen strengen Winter. Der Rhein fror bis auf den Grund zu und auf ihm standen nun Karussells und die Küfer zimmerten ihre Fässer auf dem Rhein, der erst Anfang März langsam wieder aufbrach. In diesem Winter musste ich täglich mit dem Fahrrad – ich besaß damals einen Halbrenner – über die Biebricher Höhe an der Sektfabrik Henkell vorbei bis fast ans Rheinufer zu meiner Arbeitsstelle. Um den Kopf hatte ich einen Schal gewickelt und wenn ich in Biebrich ankam, sah ich von meinem eigenen Hauch aus wie ein Schneemann. Natürlich hatte ich es immer eilig. 7.30 Uhr war Arbeitbeginn. Ich fuhr höchstens 10 Minuten vorher in Wiesbaden ab, weil ich wenn's irgendwie klappte, morgens noch mal schnell auf leisen Sohlen zu meiner Angebeteten ins warme Bett schlüpfte. Das ging, wenn Mutter Lina um 6 Uhr das Haus verlassen hatte, um im Theater putzen zu gehen, und wenn sie dann die Haustür nicht mehr abgeschlossen hatte.

Da fiel die Trennung dann immer schwer und erfolgte in letzter Minute. Im Eiltempo ging es dann hinunter nach Biebrich und ich kam immer in den letzten Minuten an.

Abends 17.00 Uhr war Feierabend und ich fuhr wieder nach Wiesbaden. Natürlich hielt ich immer erst mal vor dem Feinkostgeschäft Dolfen an, um die Dora zu sehen. Sie brachte mir immer was mit – ein paar Riegel Blockschokolade oder ein Glas Heringshappen in Mayonaise ...

In diesem Winter musste ich auch das Tanzen lernen, denn Dora tanzte gern. Wir besuchten verschiedene Maskenbälle, z.B. den Bayernmaskenball im Paulinenschlösschen, der alle Jahre ein Ereignis war. Schlecht und recht stotterte ich die ersten Walzerschritte dahin. Auf meiner Arbeitsstätte übte ich zuweilen im Lager, immer 1,2,3 – 1,2,3 usw. Auf einmal klappte es. Und dann lernte ich auch den „Rheinländer". Von da an ging ich gern zum Tanzen aus, Wiesbadener Kerben, Feldsträßer Kerb, Frauensteiner, Waldsträßer, Hasengarter, Sonnenberger, Dotzheimer Kerb – sie alle boten Gelegenheit, zu tanzen.

Ich kannte bald jede Ecke, jede Straße, jedes Geschäft in Wiesbaden, war also schon fast heimisch geworden.

Ab 1. April 1929 kam ich als unständig Angestellter zur Stadt Wiesbaden. Und das kam so: Ich hörte, dass die Stadt einige Leute einstellen will, ging zur Personalstelle und stellte mich vor. Der damalige Chef, Oberinspektor D., fragte als Erstes: „Können Sie Steno und Maschinenschreiben?" – „Jawoll!" – „Na, dann setzen Sie sich mal an die Maschine und schreiben Sie, was ich diktiere." Ich schrieb flott und Debusmann sagte zu mir: „Sie können morgen bei der Stadt anfangen. Melden Sie sich beim Leihamt und der Kreditkasse der Stadt Wiesbaden, Neugasse, bei Amtmann E. Das gefiel mir, gute Arbeit, mittwochs nachmittags hatten die Stadtbediensteten damals noch frei. Wenn man z. B. mittwochs nachmittags eine Gruppe Männer auf der Straßenmühle beim Äppelwoi sitzen sah, konnte man ohne weiteres darauf schließen, dass es sich um „Städtische" handelte.

Jedenfalls konnte ich nur unständig angestellt werden. Das heißt also, ich bekam keine sichere Daueranstellung. Aber das war mir zunächst egal. Ich genoss die Zeit, die leider nur ein Jahr dauerte.

Ende Mai 1930 wurde ich – damals war ohnedies Niedergangszeit und wir hatten 5 Millionen Arbeitslose in Deutschland – erstmals in meinem Leben arbeitslos. Ich ging also morgens immer stempeln. Man musste sich jeden Tag beim Arbeitsamt melden und bekam einen Stempel in die Meldekarte. Die wöchentliche Unterstützung betrug 14,83 Mark. Mein Zimmer kostete aber allein schon 30,- Mark monatlich. Was wäre da zum Leben geblieben?

Ich kaufte mir daher mit dem Mut der Verzweiflung für mein letztes Geld 700 flämische weiße Hühnereier, dazu in einem Korbmachergeschäft in der Bleichstraße einen großen Korb. Mein Kumpel Heine R. bastelte mir eine Eierdurchleuchtungslampe. Nun durchleuchtete ich so viele Eier wie in den Korb gingen (ca. 240 – 250 Stück). Dann ging ich an den Sedanplatz und ging auf einer Seite des Rings bis zur Ringkirche treppauf und treppab und bot schöne frische Landeier, 10 Stück zu 1,20 Mark an. Ruckzuck hatte ich meinen Korb leer. Dann begab ich mich wieder in mein „Lager" in meinem Zimmer in der Dotzheimer Straße, füllte den Korb wieder auf, ging dorthin zurück, wo ich meine Tour unterbrochen hatte und klapperte den Ring weiter ab. 14,83 Mark war mein wöchentliches Stempelgeld, 60,- bis 70,- Mark verdiente ich nebenher.
Die Eierzeit ging zu Ende, der Herbst kam. Ich versuchte es daher mit Orangen, Blutorangen und anderem. Auch damit verdiente ich, wie mit den Eiern, 60,- bis 70,- Mark pro Woche nebenher. Ich besuchte die in Wiesbaden ansässigen französischen und englischen Angehörigen der damaligen Besatzungstruppen, die insbesondere in dem Viertel um Mosbacherstraße, Biebricher Allee, Ale-

xandrastraße etc. wohnten. Ich hatte immer Erfolg und demzufolge auch immer Geld im Säckel.

Im Herbst 1930 schrieb mir mein alter Leipziger Wanderkamerad Heinz R. (nicht zu verwechseln mit meinem Wiesbadener Kumpel Heine R.) aus Utica im Staate New York/USA. Er wusste, dass ich schon ein ganzes Jahr arbeitslos war und schlug folgendes vor: „Walther, ich bin nun schon seit Ende 1928 in Amerika, ich habe viel Geld gespart. Aber ich will nicht ewig hier bleiben. Ich will Dir 2.500,-- Mark überweisen. Kaufe irgendein Lebensmittelgeschäft in Leipzig und führe es bis ich zurückkomme."
So fuhr ich also, den Vorschlag angenommen, im Februar 1931 nach Leipzig, nicht ohne Dora zu versprechen, bald wiederzukommen.
In Leipzig kaufte ich in der Gutenbergstraße ein kleines Lebensmittelgeschäft. Ich führte es, so gut ich konnte, und konnte gut leben, etwas sparen und das Geschäft ausbauen. Täglich schrieb ich ein paar Zeilen an Dora nach Wiesbaden. Jeden Abend fuhr ich auf den Leipziger Hauptbahnhof, warf den Brief in den ausfahrenden Frankfurter Zug-Briefkasten, so dass er schon am nächsten Morgen Dora in der Nerostr. 14, wo sie Filialleiterin war, erreichte.

So verflossen die Monate. Pfingsten 1931, 24./25. Mai fuhr ich mit dem Schnellzug nach Wiesbaden zu Besuch und fuhr als Verlobter nach Leipzig zurück.

Dann erhielt ich die Nachricht aus Amerika, dass mein Freund Heinz Ende Oktober wieder in Leipzig sein wolle und dann also das Geschäft übernähme, das ja von seinem Geld gekauft war. Am 1. November 1931 ging ich also wieder nach Wiesbaden.

Inzwischen war Dora, die bei einer Firma Oskar Müller tätig war (diese hatte mehrere Filialen und verkaufte Butter/Käse/Eier), nachgehört und mit ihrem Chef vereinbart, dass sie gerne die Filiale in der Nerostr. 14 übernehmen möchte, und zwar in dem Moment, wenn ich wieder in Wiesbaden sein würde. So wurden wir ab 1.11.31 Inhaber dieses schönen Butter- und Eierladens. Wir hatten zugleich die von Dora bediente Kundschaft übernommen und bekamen täglich noch neue hinzu. Wir belieferten das Hotel Neroberg, die Martini-Stuben-Bar, das Cafe Büttgen in der Taunusstraße und viele reiche Leute in der Taunusstraße und im Nerotal. Ich war den ganzen Tag nur unterwegs am Ausliefern. Allerdings mussten wir früh raus. Um 4.00 Uhr morgens war ich schon auf der Milchzentrale und holte etliche Kannen Milch, Sahne, Buttermilch etc. Ab 7.30 begann im Geschäft der Verkauf. Sonntags war von 7.30 bis 13.00 Uhr geöffnet. Eigentlich sollte da nichts anderes als Milch und Sahne verkauft werden. Doch wir machten sonntags stets gute Einnahmen, weil wir außer Milch und Sahne auch noch Eier, Butter, Käse, Wurst und Schinken, Honig usw. anboten. Um 13.00 Uhr fuhren wir heim zu Doras Eltern. Ihre Mutter wusch und kochte für uns, uneigennützig wie die gute Lina war.

Nach dem Essen wurde ein Nickerchen gemacht. Wir waren todmüde von der Arbeit der Woche, die keinen Sonntag hatte. Gegen 15.00 Uhr hieß es anrufen in den verschiedenen Cafés. Und oft wurden dann noch Bestellungen gemacht: „Gut, dass Sie anrufen, Herr F., wir haben ein Mordsgeschäft heute und brauchen noch 20 Liter Kaffeesahne." Mit meinem inzwischen angeschafften „Framo"-Dreirad-Lieferwagen sauste ich nun wieder ins Geschäft, holte Sahne aus dem Kühlfach und brachte sie den Kunden. Einmal nahm ich auf dem Neroberg eine Kurve zu scharf und flog mit samt meinem Framo um. Aber ich richtete ihn wieder auf und es ging weiter. Nun hätte man wenigstens ab 17.00 Uhr Feierabend haben müssen. Aber man musste sich Gedanken machen, wo man abends hingeht. Man musste sich bei seinen Kunden, wie z.B. dem Hotel Neroberg, auch mal sehen lassen. Ich entsinne mich, wie oft wir dort gegessen haben – Schnitzel, Spargel, 1 Flasche Wein ...

Montags früh um 4.00 war die Nacht vorbei und es ging weiter auf ein Neues. Dora war ein schmuckes „Frauchen" und zog die Kunden in ihrer netten Art an. So frisch und gesund, wie sie hinter der Theke stand, das gefiel den Leuten, zumal sie stets für jeden ein nettes Lächeln und ein nettes Wort gehabt hat.

Nachdem wir uns an Pfingsten verlobt hatten, war es nun an der Zeit, auch zu heiraten. Vor allem wollten wir nicht als Nichtverheiratete im Laden stehen. Wir heirateten also Weihnachten 1931. Die kirchliche Trauung fand in kleinem Kreise in der Ringkirche zu Wiesbaden statt.

Das Jahr 1932 war ein Jahr, in welchem man in Deutschland nahezu 6 Millionen Arbeitslose zählte. Trotzdem ging es aber niemandem so schlecht, dass er nichts zu essen gehabt hätte. Die Lebensmittel waren erschwinglich und es gab auch alles. Für Dora und mich war es ein gutes Geschäftsjahr. Täglich hatte ich zahlreiche Kunden mit Flaschenmilch zu beliefern. Treppauf, treppab - mein tägliches Fitnessprogramm. Neben dem Bedienen im Laden musste Dora auch noch Rechnungen schreiben und Lieferungen zusammenstellen und ich fuhr sie aus im Dambachtal, Kapellenstraße, Nerotal und Taunusstraße. So verbrachten wir den ganzen Tag im Geschäft und hatten bald die Verpflichtungen abgedeckt, die aus dem Kauf des Ladens resultierten.

1933 wurden Bauern, Erzeuger von Lebensmitteln, der Großhandel und der Kleinhandel mit Lebensmittel zusammengefasst in einem sogenannten „Reichsnährstand". Man kannte bald nur noch einheitliche Preise in ganz Deutschland. Und diese durfte niemand überschreiten oder unterbieten.

Das führte letztlich dazu, dass die Artikel, die wir in unserem Geschäft verkauften, als „Volksnahrungsmittel 1. Art" bezeichnet wurden, an denen der Handel also möglichst wenig oder gar nichts verdienen sollte. Alle Preise wurden vorgeschrieben. Eier wurden in Größenklassen A, D, E und Sonderklasse eingeteilt. Während wir bis Ende 1932 teilweise 4 bis 5 Pfennige am Ei verdienten, je nachdem, wie günstig wir einkaufen konnten, blieb uns nun meist nur noch ½ Pfennig am Ei. Mit Butter, Milch und Käse war es ähnlich. Nun, der Umsatz war nach wie vor gut. Doch der Verdienst begann, wesentlich kleiner zu werden. Ich begann mir auszurechnen – 2 Personen tätig von 4 Uhr morgens bis 8 Uhr abends, was lohnt sich da noch? Jedenfalls stand der Verdienst bald in keinem Verhältnis mehr zu der zu leistenden Arbeit und wir verloren mehr und mehr den Spaß am Geschäft, das uns gefangen hielt.

So überlegten wir, was zu tun sei. Ich schlug vor, den Laden mit Kundschaft zu verkaufen, ich wollte wieder ins Büro gehen und Dora würde als Verkäuferin überall sofort wieder Arbeit finden. Ich war der Meinung, wir sollten uns vom Erlös des Geschäfts eine Wohnung einrichten, da wir bisher in der Wohnung von Doras Eltern dabei wohnten.

Mit solchen Erwägungen ging das Jahr 1933 zu Ende. Die Arbeitslosenzahlen sanken rapide, es begann der Bau von Autobahnen, überall wurden Kasernen, Bunker und Siedlungen gebaut. Aber die Verdienste der Geschäftswelt wurden kleiner geschrieben. Der Handwerker und der Arbeiter verdiente wieder gut. Jeder war irgendwie im Räderwerk der NS-Maschine eingespannt – Vater in der SA, Bruder in der SS, kleiner Bruder in der Hitler-Jugend, Schwester im BDM (Bund deutscher Mädchen), Mutter in der Frauenschaft, andere im NS-Kraftfahrerkorps, in der Marine-HJ, die kleinen in der Kükengruppe. Es gab nichts, was nicht auf NS umgekrempelt wurde.

Einstweilen führten wir das Geschäft schlecht und recht weiter. Arbeit in Hülle und Fülle, nur weniger Verdienst. Ende des Monats Juni 1934 war für uns Sense. Wir verkauften das Geschäft an einen Milchhändler namens Höxter, der es ab 1.7.1934 übernahm. Die Bezahlung erfolgte in bar. Ich fand sofort wieder eine Bürotätigkeit bei der Hess.-Nass.-Lebensversicherung in Wiesbaden, damals noch Bierstadter Str. 7-9. Dora ging wieder ihrem erlernten Beruf nach, und zwar bei Feinkost-Knapp – Obst und Südfrüchte – Kirchgasse 38 in Wiesbaden. Wir hatten also zwei Verdienste und endlich ein freies Wochenende, das wir stets zu Wanderungen in den Taunus oder den Rheingau nutzten.

Wir richteten uns eine nette Wohnung an der Kahlen Mühle ein, Schlageter Str. 138 (heute Erich-Ollenhauer-Straße), 2 Wohnzimmer, 1 Schlafzimmer, Küche und Bad. Unten im Haus wohnte der Polizeimeister W., der die Polizeifunkstelle

Wiesbaden leitete, und im 1. Stock der Revieroberwachtmeister Helmut P. aus dem Saarland. Beide hatten Familie und wir saßen manchen Winterabend bei Musik und Spiel zusammen.

Oft frönten wir dem Wassersport und wir unterhielten ein Mahagoni-Paddelboot (Zweisitzer), das wir im Bootshaus Scholten im Schiersteiner Hafen liegen hatten. Für 3,- Mark mtl. Miete konnte man das Boot lagern und hatte auch noch einen verschließbaren Spind, wo man Zubehör und Zelt aufbewahren konnte.

Ganze Wochenenden verbrachten wir drüben auf der Hessenkrippe, schwammen im Rhein und aalten uns in der Sonne. Wir lagen im Sand und brieten die Aale, die über Nacht an die Angel gegangen waren.

Im Herbst, wenn es draußen zu unwirtlich wurde, verlegten wir uns wieder aufs Wandern durch die Wälder und Weinberge und kehrten irgendwo ein.

Im Winter besuchten wir in den kommenden Jahren viel das Theater und Kino, Fernsehen gab es ja noch nicht. Wir sahen Zarah Leander, Heinrich George, Heinz Rühmann, Hans Moser, Theo Lingen, Hörbigers usw.

Wir erkannten, dass es für uns besser war, eine feste Position im Angestelltenverhältnis zu haben, in der auch Versicherungsbeiträge geklebt wurden.

Dora hatte einen Neffen, der Wilhelm hieß –
Willi ... Als mein Opa verstorben war, fand ich
einen Brief, den Opa mal an Willi geschrieben
hatte und nahm das zum Anlass, mit diesem Mann
Kontakt aufzunehmen. Herr A. freute sich über
meinen Anruf und berichtete mir, wie er als Kind
meinen Großvater erlebt hat. Er erzählte zum Bei-
spiel von einer Begebenheit, die sich während ei-
nes Spaziergangs mit Dora, Willi und Walther
ereignete. Mein Opa war ein Naturliebhaber und
wollte immer, dass jeder die Pflanzen, Bäume und
Vögel kennt, das war auch so, wenn er mit mir
spazieren ging. Als er nun mit Willi und Dora un-
terwegs war, fragte er den kleinen Willi: "Wie
heißt die Pflanze da am Wegesrand?" Willi wuss-
te es nicht. Da bekam er einen Schubs von Wal-
ther und fiel – in die Brennnesseln! Im Nachhinein
konnte Herr A. sich köstlich über diese Geschichte
köstlich amüsieren und künftig kannte er diese
Pflanze ganz genau.

Wie schon erwähnt war ich von 1934 bis
30.06.1938 für die Hess. Nass. Lebensversiche-
rungsanstalt tätig. Zeitweilig habe ich das Außen-
büro in Franfurt/Main geleitet und war dann
schließlich selbst als Oberkommissar im Außen-
dienst tätig, wo ich eine Organisation aufbaute
und mit Untervertretern arbeitete und so ein gutes
Neugeschäft an Versicherungsverträgen herein-
brachte.

In den Jahren 1935 und 1936 habe ich jeweils einen ¼- jährigen Wehrdienst beim Inf.Reg.Nr. 15 in Gießen abgeleistet. Dort wurde ich insbesondere am schweren MG ausgebildet und als Gefreiter entlassen. Ich erhielt auch alsbald meinen Wehrpass, den so ziemlich jeder junge deutsche Mann in den Händen hielt.

Ab 1. Juli 1938 ging ich zur Firma „Blendax", Mainz, und arbeitete für diese mit Firmenauto als Vertreter aller Erzeugnisse in Frankfurt. Ich warb dort viele neue Kunden und bemühte mich auch, Blendax-Zahnpasta und Blendax-Hautcreme in Apotheken und Drogerien einzuführen. Das war für mich nicht leicht. Es wurde lieber eine Tube Vademecum verkauft, an der etwas zu verdienen war. Blendax-Zahnpasta war damals ein 50-Pfennig-Artikel, an dem man kaum etwas verdiente. Es machte mir keinen Spaß, doch ich tat, was ich konnte. Aber schon nach einem Vierteljahr gab ich dieses unruhige Leben – den ganzen Tag in Frankfurt unterwegs – auf.
Ich konnte wieder zur Stadt Wiesbaden kommen und nahm ab 1.10.1938 einen Arbeitsplatz bei der Stadtverwaltung Wiesbaden an.

Am 26. August 1939 musste ich einrücken. Seit meiner letzten Übung war ich Gefreiter. Ab ging es nach Polen. In 18 Tagen war Polen erledigt. Hier bekamen wir den ersten Schliff vom Kampf „Mann gegen Mann", und viele Kameraden blieben schon auf diesem ersten Kriegsschauplatz – für Führer, Volk und Vaterland, wie es hieß.

Von Warschau aus ging es zurück ins Reich, und zwar ins Saarland. Von St. Wendel aus weiter nach vorn in die Nähe von Hornbach und Blieskastel a.d. Blies, einem kleinen Grenzfluß. Hier gab es die ersten Vorfeldgeplänkel. Inzwischen wurden die saarländischen Städte – wie Saarbrücken, Neunkirchen, St. Ingbert usw. – evakuiert. Der Winter 1939/40 war hart. In den verlassenen Häusern der Städte platzten die Wasserrohre. Aber das war nicht zu ändern.

Endlich grünte und blühte es wieder, Frühjahr 1940 war da. Und jedermann wusste, was uns bevorstand. Die von Waffen gespickte französische Maginot-Linie lag vor uns. Diese sollte es jedem Angreifer unmöglich machen, nach Frankreich einzufallen. Sie war ein die ganze Grenze entlangführendes Festungswerk, tief unter der Erde mit Verbindungen von Bunker zu Bunker und sogar mit einer kleinen Eisenbahn drin.

Unser General Schroth aus Wiesbaden wurde krank und wir bekamen den General Heinrici. Als dieser zur Übernahme seiner neuen Aufgaben bei uns eintraf, musste ich mit einer Abordnung, die ich zu führen hatte, Meldung machen. Dies war so Ende April 1940.

Wir bekamen immer wieder Order, dass wir eines Tages den Durchbruch durch diese Maginot-Linie würden wagen müssen, koste es, was es wolle. Am 10. Mai 1940 war es soweit. Morgens 4 Uhr ging es auf der ganzen Linie los. Ein mörderisches Abwehrfeuer ging los. Man musste mehr robben als man aufrecht vorwärts kommen konnte. Zu allem Feuer von Artillerie, Granatwerfern und dem verflucht verminten Vorfeld schickte man uns ganze Bataillone und Regimenter schwarzer Senegalesen entgegen. Da hieß es Ohren steifhalten und vorwärts, vorwärts, vorwärts. Und das ging nur über die Leichen dieser Senegalesen. So kamen wir Kilometer für Kilometer voran. Endlich waren wir an die Bunker herangerobbt. Mit doppelten Haftladungen wurden die Deckel gesprengt und schwere Sprengladungen hineingeworfen bis sich nichts mehr rührte. Unser Auftrag hieß, nach Durchbruch der Maginot-Linie weiter ins Landesinnere einzudringen. Mittags waren wir schon bei St. Jean-Rohrbach, und am nächsten Abend biwakierte das Bataillon in Baccarat. Das Schlimmste war für mich der Durchbruch durch die Maginot-Linie. Hier in Baccarat war es jetzt schon besser.

Ich will ein Ereignis noch erwähnen, was sich in diesem Örtchen Baccarat zutrug, weil es mich persönlich betrifft:

Ich, der alte Wandervogel, ging an diesem herrlichen Maienabend ein bisschen durch die Gegend, während unsere Offiziere im Schloß Baccarat sitzen und sich an den Tausenden gelagerten Flaschen roten und weißen Sektes berauschten und sich an den zurückgelassenen Keksen von geflüchteten französischen Offizieren gütlich taten.

Auch unsere Landser konsumierten kochge-schirrweise französischen Rotwein.

Ohne, dass ich es besonders bemerkte, war ich plötzlich aus dem Städtchen heraus auf der Land-straße. Ich hatte umgeschnallt, Seitengewehr und Armeepistole 08 am Koppel. Plötzlich sah ich in der inzwischen eingetretenen Dunkelheit Lichter. Ich dachte, wieso kann das sein, nachts muss doch alles verdunkelt sein? Als ich so auf die Lichter zuging, merkte ich, dass es eine ganze Kolonne von Fahrzeugen war. Als ich näher kam, erkannte ich, insbesondere an den fremden Lauten, dass es sich um Franzosen handelte. Nun hätte ich ja schnellstens zurückeilen können. Ich wollte es jetzt aber ganz genau wissen ... Vorsichtshalber nahm ich meine Pistole in die Hand und ging auf die Franzosen zu. Die aber waren ganz friedlich. Keiner machte Anstalten, gegen mich vorzugehen, vielmehr waren sie alle dabei, zu kochen und zu essen.

Was sollte ich jetzt tun? Mein Französisch war nicht mehr als dass ich „Bonsoir Monsieur" sagen konnte. Ich rief also in die Meute hinein: "Sind hier Elsässer dabei?" Es meldeten sich gleich mehrere. Ich machte ihnen klar, dass alles wertlos sei, sie sollten sich in Gefangenschaft begeben, das wäre das Beste für sie und eine Gewähr dafür, dass sie ihr Leben behielten. Es dauerte ca. 20 Minuten, bis sie alles zusammengepackt hatten. Dann nahm ich zwei Elsässer zu mir nach vorn, und es ging los. So brachte ich zum Erstaunen unserer Offiziere ein ganzes Bataillon Infanterie Franzosen nach Baccarat. Ich ließ die ganzen Bagagewagen nebeneinander im Schlosshof in Reih' und Glied auffahren und die Landser mussten zu zweien antreten. Ich sagte ihnen aber anständigerweise, sie sollten sich Decken und Verpflegung, so viel wie sie tragen konnten, mitnehmen, sie kämen in die Hurstkaserne ins Gefangenenlager. Die Männer waren zufrieden. So führte ich sie noch bis ans Tor des Gefangenenlagers und beobachtete, dass sie ihre Decken und Verpflegung mit hineinnehmen durften. Das war mir Genugtuung – ich hatte menschlich gehandelt.

Am 24. Mai waren wir in Langre, Mirecourt und Vittel angekommen. An diesem Tag kapitulierten die Franzosen. Die Gefangenenlager waren vollgestopft mit französischen Soldaten. Hitler konnte eine Siegesparade in Paris abnehmen.

Nun kamen ein paar Tage Erholung. Wir quartierten uns in einem Rockefeller-Hotel in Vittel ein. Ich schlief in einem Zimmer mit einem breiten französischen Bett, und das Mobiliar war aus Rosenholz.

Doch man munkelte schon wieder, es ginge wieder nach Polen, was ich eigentlich nicht verstehen konnte, da wir den Krieg dort eigentlich schon geschlagen hatten.

Am 4.9.1940 wurde ich mit zum Vorkommando beordert, welches am 5.9. mit unbekanntem Ziel losfuhr. Vor Verlassen von Frankreich bekam ich noch das EK 2. Klasse für den Durchbruch durch die Maginotlinie und wurde gleichzeitig zum Unteroffizier befördert.

Ich fuhr mit Hauptmann Köhler in dessen Kübcl. Er hatte mich bei sich haben wollen. Über Straßburg – Kehl ging es dann quer durchs Reich auf Breslau zu. In Oels bekamen wir neue Order. Krakau hieß das nächste Ziel. Hier gab es wieder neue Order – Posen hieß es jetzt. Und in Posen endlich, hieß es endgültig Gnesen/Warthegau.

Hier hatte ich ein paar schöne Tage. Bis das Bataillon hier ankam, vergingen noch 14 Tage. Ich ging jeden Abend aus. Die Polen durften nach 20 Uhr nicht mehr auf die Straße, es sei denn in der Tätigkeit als Kellner in einer Gaststätte o.ä. Derjenige hatte dann aber einen entsprechenden Ausweis. Unser Bataillon wurde in einer Gnesener Kaserne untergebracht. Wir hatten jetzt, da ja der Polenfeldzug längst hinter uns lag, nur sogenannte Besatzungsaufgaben.

In dieser Zeit lernte ich die ledige Hela T. kennen, geboren in Mannheim, jetzt wohnhaft in Gnesen. Sie arbeitete berufsfremd in einem Parkcafé und ich hatte an dem hübschen Mädchen meine Freude. Von deutschen Soldaten aber wollte sie nichts wissen. Ich konnte nicht bei ihr landen.

Nach Wochen ist es mir dann aber doch gelungen. Und dann war sie anhänglich und treu. Ich wurde sogar bei ihren Eltern eingeladen, beide sprachen perfekt deutsch. Zu Zeiten Kaiser Wilhelms II. waren sie Deutsche mit polnischer Volkszugehörigkeit gewesen. Sie waren furchtbar nett zu mir

und luden mich auch sonntags zum Essen ein. Ich
ließ mich natürlich auch nicht lumpen und brachte
auch ab und zu etwas mit, denn wir bekamen ja
Nachschub aus Frankreich. Es war eine glückliche
Zeit, die am 1.4.1941 jäh unterbrochen wurde, als
wir zunächst nach Radom verlegt wurden. Ich sehe das kleine süße Mädel heute noch weinen, weil
sie ja ahnte, dass nun alles vorbei sein würde.

HELA

Als erstmals im Leben ich hab' Dich begrüßt,
da hab' ich wohl zärtlich Dein Händchen geküsst;
Dein freundliches Wesen mich bannte!

Dein strahlend Pechhaar – Dein verträumter Blick,
entfachten in mir wild' Verlangen zum Glück;
getrieben vom Sturm junger Liebe!

Und weil Herz zu Herzen sich finden muss,
so blieb es auch nicht beim erst schüchternen
Kuss;
die Nacht war ja still und verschwiegen.

Zwei Glückliche! – Nichtachtend Stunde noch
Zeit,
denen Gott schenkte himmlische Glückseligkeit;
heiß brannte das Feuer der Liebe.

Und höher gings nimmer im Liebesspiel,

die Vernunft dem Flammen zum Opfer schon fiel;
ein Brand, den kein Sterblicher löschet.

Doch der Sturm bracht' auch Wolken und Regen-
guss,
weil ja einmal das Schicksal vollenden sich muss;
oh so reich mir zum Abschied die Hände:

Doch glaub' – bin auch weit ich, bin stets ich doch
Dein,
ich stürb', wenn jemals es anders sollt' sein;
lass' küssen Dich drum ohne Ende!

Wenn auch fern Deinem Auge, Deinem Herzen
stets nah,
lieb' stets ich wie einst Dich, als ich erstmals Dich
sah;
Dein Dich niemals vergessender W a l t h e r !

(Frühjahr 1941, kurz vor Ausbruch des Russland-
feldzuges)

*Zu Hela hat er in den 80er-Jahren noch einmal
Kontakt aufgenommen und wechselte mit ihr und
ihrem Ehemann Briefe.*

1941 war eines der schwersten Jahre meines Lebens. An Sylvester 1940/41 lagen wir in dem Polenstädtchen Gniezno. Für uns als Deutsche hieß es Gnesen. Ein hübsches Städtchen unweit von Posen. Am 1. Januar 1941 ging die Parole herum, der General Schroth vom XII. Armeekorps brauche einmal dringend einen Mann, der perfekt Stenographie und Maschine schreiben könne. Also, da sich niemand meldete, sah ich mich veranlasst, es einmal zu versuchen. Ich wurde also zum „Bischöflichen Palais Gnesen", wo der General mit seinem Stab residierte, bestellt. Dort wurde mir vom General persönlich folgendes gesagt: „Mein lieber F., ich habe für das Führerhauptquartier eine längere Sache auszuarbeiten. Ich habe Sie hierher bestellt, um meine Ausführungen stenographisch aufzunehmen und dann sauber in Maschinenschrift umzusetzen. Ich muss Sie auf strengste Geheimhaltung hinweisen und vereidigen. Was Sie jetzt hier hören, darf kein zweiter, auch keiner der kleineren Offiziere, erfahren." Also, wie gesagt, so getan. „Also – schreiben Sie F.! Übergang über den Bug!" – Und dann kam eine lange Abhandlung über Furten, Brücken, Stromgeschwindigkeiten usw., viele Seiten über die Truppenstärken, die Truppenteile, Vorbereitung zum Angriff durch Beschuss der Festung Brest-Litowsk am Bug mit 63 cm Eisenbahngeschützen und eine Aufzählung der einzusetzenden Divisionen, 1. Welle, 2. Welle usw., Nachschubbasen, Munitionslager, Verpflegungslager, Veterinär-

dienste usw. usw., Einrichtung von Gefangenen-
lagern, sobald erforderlich ...

Bis zum späten Abend des 1. Januar hatte ich den
ganzen Kram geschrieben.

So, nun konnte ich wieder zu meinem Haufen gehen. Dort wurde ich natürlich ausgenommen, was
los war. „Und, was hast du machen müssen?"
Aber ich war still wie ein Grab. Ich hätte mich
doch nicht in die Nesseln setzen können.

Ich wusste jetzt, dass es im Juni über den Bug
nach Russland hineingehen würde. Daher konnte
ich mich auch darauf einrichten. Keinesfalls aber
konnte ich es meinem kleinen Polenmädchen sagen. Ich sah es aber kommen, dass die schöne Zeit
mit der kleinen schwarzen Hela bald ein jähes Ende haben würde. Und so war es. Ende März ging
es von Gnesen fort, zunächst nach Radom: An der
immer stärker werdenden Ausrüstung des Bataillons war unschwer zu erkennen, dass etwas in der
Luft liegen dürfte. So ging es von Radom nun
langsam an den Bug, nach Biala-Podlaska. Am
21.6.1941 kam der Heeresgruppenbefehl, dass in
der Nacht zum 22.6., d.h. vielmehr am 22.6.
nachts um 2 Uhr bis 3 Uhr, an der gesamten Front
ein mörderisches Trommelfeuer vom Stapel laufen würde und dass Punkt 3 Uhr der Angriff gegen
Russland, also der Übergang über den Bug erfol-
gen würde.

Die Stunde kam also heran. Ich höre noch heute
den Beginn der Artillerie-Einleitung. Es war wie
der Aufzug eines schweren Gewitters. Es bemäch-

tigte jeden Kameraden eine gewisse Nervosität. Jeder hatte sich mit genügend Munition versorgt, die Waffen noch mal gereinigt und gefettet. Verbandsmaterial hatte jeder in seiner Feldbluse, Gasmasken vorsichtshalber alle in Ordnung.

Die letzten Stunden hörte man überall nur ein einziges Rasseln von Panzern. Die Panzertruppe Guderian rollte mit hunderten von Panzern heran. Jedem Mann war jetzt klar, was kommen würde. Dunkel war es höchstens von 0 bis 2 Uhr, dann dämmerte es schon wieder.

Wir lagen hinter einem Bahndamm, in der Nähe einer Eisenbahnbrücke, über die noch vor einigen Stunden ein Zug mit Getreide aus Russland herüberrollte. Nun rollte der Leerzug zurück. In ihm war ein Pionierstoßtrupp versteckt. Der erschoss die russischen Posten an der Brücke, nahm die Brücke in Besitz und machte die von den Russen angebrachten Sprengladungen schadlos und schon rollte Guderian über die Brücke. Zuvor war ich noch Zeuge, wie die beiden Eisenbahngeschütze so ca. zehnmal ein Geschoß von 63 cm Durchmesser auf die Festung Brest-Litowsk schossen, in der sich eine russische Offiziersschule befand. Die jungen Offiziere sprangen im Hemd herum und konnten nicht fassen, was hier geschah. Natürlich hatten wir auch schon beim Nachsetzen hinter den Panzern gleich etliche Gefallene.

Ich habe später bei einer Heimfahrt (Urlaubsfahrt) aus Russland, wo man ja über Brest-Litowsk musste, weil dort Entlausung war, die Gräber der

71

in der ersten Stunde gefallenen Kameraden besucht, die man um eine Kirche herum beerdigt hat.
Nun, ich habe zu Beginn gesagt, dass das Jahr
1941 eines meiner schwersten im Leben war, und
das wird jeder verstehen, der sich ein Bild von den
Kämpfen Mann gegen Mann im hohen Korn und
in Wald und Feld machen kann. Aber das kann
wohl kaum einer, der es nicht mitgemacht hat. In
ungestümen Vormarsch ging es nach Russland
hinein. Bald schon waren wir in dem Nest Bereza-
Kartuska und stürmten weiter durch Sumpfland-
schaft nach Slonim zu, das wir gegen Mittag bereits fest in unserer Hand hatten. In glühender
Sonne stolperten wir über die baum- und de-
ckungslose Gegend bei ununterbrochenem Feuer
des Gegners. Hinweg über die zahlreich gefallenen Russen, die auf dem Bauch oder Rücken liegend stammelten: „Kamrad, wadi,wadi!", „Kamerad, Wasser, Wasser!" Aber das bisschen, das
man in seiner Feldflasche hatte, musste man ja für
sich selbst aufheben, denn die Zunge hin einem
bei der Hitze und vor allem dem Staub, den unsere
Panzer aufwirbelten, selbst zum Halse heraus.
Und so ging es jetzt Tag für Tag weiter. Vom
Hellwerden bis zum Dunkelwerden. Dunkel war
es höchstens zwei Stunden in der Nacht. Da lag
man irgendwo im Dreck, war froh, wenn Verpflegung nachkam und die Essenholer unversehrt zurückkamen. Nach kurzer Ruhe ging es dann auch
schon wieder weiter. Gefangene fielen uns zu
Tausenden in die Hände. Der Staub beim Mar-

schieren machte uns den Hals wund. Daher nahmen wir von abgeschossenen russischen Fliegern die Fallschirmseide und schnitten uns Kragentücher, die auch wirklich Wunder wirkten. Bald waren wir über die Beresina gestürmt, ließen Minsk, Orscha und Borrisow hinter uns. Nach vier Wochen Krieg und Strapazen sahen wir die goldenen Kuppeln von Smolensk. Wir zogen weiter und weiter, die Russen hatten jetzt ganz schön Respekt vor uns bekommen. Mitte September lagen wir dann am Dnjepr, einem breiten Strom in Mittelrussland. Hier gab es einen Stopp. Man wollte die Truppe wieder auffrischen, wieder auf volle Stärke bringen, denn die Ausfälle waren auch bei uns bedeutend. Ich sehe den Dnjepr noch heute vor meinem geistigen Auge dahin fließen. An seinen Ufern Fischerhütten, strohgedeckt, niedrig, Gärtchen drum herum, die Zäune, alles geflochten, die Menschen in Bastsandaletten eigener Herstellung, um die Beine eine Art Wickelgamaschen aus selbstgesponnenem Leinen, am Oberkörper ein kittelartiges Hemd, Leinen, die Frauen ebenso mit weißen Kopftüchern. Blond und blauäugig war am Dnjepr vorherrschend.

Es war September 1941. Es kamen die ersten Nachtfröste in Russland. Ich sehe noch heute die weiten Felder voller Kartoffeln mit dem nach dem ersten Frost schwarz gewordenen Kartoffelkraut. Kartoffeln, so weit das Auge schaute.

Es kam der Oktober! Am 2. Oktober hieß es seitens der Obersten Heeresleitung: „Auf, auf, wer sieht zuerst die Zinnen von Moskau!" Nach zwei bis drei Tagen gab es durch Dauerregen einen plötzlichen Witterungsumschwung. Wir waren alle nass bis auf die Haut. Unsere Fahrzeuge steckten mit allen vier Rädern bis an die Pritschen im Schlamm. Man versuchte, Knüppeldämme zu bauen, schob und hob die Fahrzeuge aber mehr, als sie aus eigener Kraft fuhren. Und ganz urplötzlich kam der Frost, aber stark – und so steckten unsere Fahrzeuge, ganz gleich ob Panzer oder Kettenfahrzeuge, unrettbar fest im gefrorenen Erdreich. Nur wir armen Stoppelhopser standen jetzt da, ohne unsere „großen Brüder", z. B. die 8,8 cm Flak, die uns immer die russischen Panzer dezimierte. So ging es in dem oft deckungslosen gefrorenen Gelände weiter, Mann gegen Mann. Jetzt nur nicht hier, auf dem freien Feld, eine verpasst kriegen – das war der einzige Gedanke. Wachsam sein, hinhauen auf den gefrorenen, kalten Boden, das war egal. Nur wieder durchhalten bis es Nacht wird und man nicht so leicht entdeckt werden kann. Das waren schreckliche Tage. Und trotzdem machten wir Tag für Tag Unmengen an Gefangenen, die nach hinten geleitet wurden.

Es kam die Doppelschlacht Wjasma/Bryansk, eine Kesselschlacht, bei der uns wiederum ein paar Hunderttausend Gefangene in die Hände fielen. Aber nun kam plötzlich zur Kälte eisiger Schnee. Er wehte wie Nadelstiche auf uns ein und stiebte von eisigem Wind getrieben über Felder und Rollbahnen. Über Roslawl, Juchnow und Medyn

waren wir bis zu 30 km südlich von Moskau vorgedrungen, bis Podolsk, wo der bekannte russische Schriftsteller Tolstoi seine Villa – na sagen
wir Gartenhaus – hatte. Zu dieser Zeit, es war kurz
vor Weihnachten 1941, waren es 52 Grad Kälte,
wochenlang. Ungeheuere Ausfälle durch Erfrierungen hatten wir. In den „Knobelbechern" steckten unsere Füße, wochenlang im Schweiß und un-
gewaschen, ganz klar, dass den Kameraden jetzt
der Frost die Zehen abfrieren ließ. Zu Tausenden
zählten die täglichen Ausfälle. Sie wurden zurückgebracht nach Smolenskum und von dort
nach Warschau in die Lazarette transportiert. In
die Heimat ging es nicht, die Heimat sollte das
nicht sehen!

Die Ju 52 – die fliegende Lebensversicherung genannt – brachte im größten Schneetreiben jungen
Ersatz bis in die vorderste Front. Doch leider sahen die Piloten oft nicht, wo unsere Stellungen
und vordere Spitzen waren und landeten gleich
drüben beim Russen. Und nun setzte der Russe
alles daran, seine Hauptstadt zu schützen. Aus
dem Osten holte er alles, was Beine hatte und
warf uns in Massen Soldaten entgegen. Wer kein
Gewehr hatte, musste warten, bis sein Vorder-
mann vor ihm fiel, dann hatte er es zu ziehen und
mit Hurra gegen die bösen Deutschen zu ziehen.
Es kam Weihnachten heran. In einem Russendörf-
chen namens Ugodsky-Sawod wollten wir ein
klein wenig Weihnachten „feiern". Wir hatten uns

also auf sämtliche Häuser des Dorfes verteilt und überall eingeheizt, um uns mal ein bis zwei Tage vielleicht ein bisschen auszuruhen und zu erholen. Doch da passierte es – mitten in der Nacht geht ein fürchterlicher Feuerzauber los. Wir wurden überfallen von einem starken Bataillon, einem sogenannten Vernichtungsbataillon auf Skiern, weiß eingekleidet, mit Winterkleidung, die wir nicht hatten. Wir alle raus aus den Behausungen mit unseren Waffen. Ein mörderisches Geschieße und Geschrei. Kaum einer wusste, wer Freund oder Feind war, nur durch Zurufen und das Hören deutscher und russischer Laute wusste man, wen man vor sich hatte. Gegen Morgen, mit der Dämmerung zogen sich die Russen eilends auf Skiern zurück. Wir machten „Inventur", es war 25.12.1941. Über 20 unserer Kameraden waren gefallen und lagen erstarrt von über 50 Grad Kälte herum. Wir mussten die tief gefrorene Erde mit Sprengladungen aufreißen, um ein gemeinsames Grab für sie alle zu schaffen, die in der Nacht, wo es immer heißt „Friede auf Erden und den Menschen ein Wohlgefallen", für Führer, Volk und Vaterland ihr Leben lassen mussten. Am Morgen des „1. Feiertags" reinigten wir alle Waffen, machten sie, die auch unter der Kälte oft einfroren, mit glyzerinhaltigem Öl wieder „fit für ein Neues".

Tausendmal schlechter erging es den Hunderttausenden von russischen Kriegsgefangenen. Sie bekamen nichts zu essen und „fraßen" sich selbst auf. Wenn einer vor Erschöpfung umfiel, rissen ihm die anderen Herz und Leber aus dem Leib. Aus Schneewürfeln haben sie sich auf offenem Feld Iglus gebaut und darin gehaust, ohne Heizung, ohne Ofen, auf ebener Erde, bei 52 Grad minus. Tagsüber mussten sie laufend die vom Schnee verwehten Nachschubstraßen für uns freischaufeln. Fiel einer um und erstarrte von der Kälte, stellten unsere Landser ihn teilweise wie eine Schaufensterpuppe in den aufgeschippten Schnee. Schrecklich pietätlos! Aber es war halt so.

Warum konnte man den Russen keine Verpflegung geben? - Weil von 30 Nachschubzügen aus der Heimat nur lappige drei vorn bei der Truppe ankamen. Russland hatte bis Moskau ja nur eine eingleisige Bahn. Auf den Stationen wie Minsk, Orscha, Borrisow musste jeder Zug warten, bis der Gegenzug eingelaufen war, erst dann war die Strecke wieder frei, um weiter nach Osten zu rollen. Partisanen zerschossen vom Wald her unsere Dampfloks, das Wasser lief aus und gefror sofort. Wie gesagt, von 30 Nachschubzügen kamen nur drei durch. Und das hatte zur Folge, das unsere Truppe und unsere Pferde (man hatte ja noch einen großen Teil bespannter Artillerie) nicht ausreichend verpflegt werden konnten. Die Gefangenen konnten daher gar nichts bekommen, trotz Genfer Konvention. 120000 russische Kriegsgefangene sind daher im Mittelabschnitt allein im kalten Winter 41/42 verhungert und erfroren. In den provisorischen Lazaretten, Feldlazaretten, starben unsere Landser an Verwundungen und Erfrierungen in Massen. An Beerdigen war gar nicht zu denken. In Iglus hob man die Leichen und Leichenteile auf, bis die Welt wieder aufging, im Mai 1942, dann konnte man die Gräber ausheben und die Kameraden zur Ruhe bringen.

Wie gesagt, wir waren bis 30 km südlich von Moskau gekommen. Von da an war aber infolge der klein gewordenen Einheitsstärken kaum noch ein Weiterkommen. Hitler befahl zwar, jeden Quadratmeter Boden bis zum Tode zu verteidigen, doch war es auch nördlich von Moskau, wo unsere Truppen bis Klien vorgedrungen waren, so, dass kein Mensch weiterkam. In Moskau selbst warfen Tausende von Bürgern Schützengräben und Panzergräben aus, wie unsere Luftbeobachtung festgestellt hatte. Doch wir kamen einfach nicht weiter. Im Gegenteil – es ging Kilometer für Kilometer zurück. Die Divisionen befahlen ihren Einheiten, bei etwaigem Zurückweichen alle Dörfer und Behausungen niederzubrennen, damit der nachstoßende Russe keine Unterkunftsmöglichkeit vorfinden sollte. Was aber machten die Russen? Sie legten sich nachts an die glühenden Trümmer und wärmten sich auf, um uns am nächsten Morgen wieder ausgeruht angreifen zu können. Wir aber brachten die Nächte, fast möchte ich sagen, unter freiem Himmel zu, bei krachender Kälte. Und es war uns alles egal, wen es erwischte, der hatte seine Ruhe. In einzelnen Russenbuden, die noch standen, stellten sich ein paar hundert Soldaten aufrecht, Mann an Mann hinein, um vor der Kälte Schutz zu finden. So wurde abgewechselt, von Stunde zu Stunde, bis die Nacht herum war. Aber was das für uns Unterführer für Schwierigkeiten machte, ist gar nicht zu beschreiben. Da gab es welche, die einfach nicht rauswollten, wenn die Stunde herum war.

Also, wie gesagt, wir brannten jedes Dorf nieder, das wir verlassen mussten. Die Zivilbevölkerung musste raus und dies mit ansehen, wie ihr Eigentum, das bisschen, was sie besaßen, den Flammen zum Opfer fiel. Auf den Rollbahnen Richtung Medyn und Juchnow durften die Zivilisten sich aber nicht bewegen. Sie mussten querfeldein mit Kind und Kegel durch meterhohen Schnee und Verwehungen. Sie sind zu Abertausenden umgekommen, so wie auch die russischen Kriegsgefangenen. Also beschreiben kann man das Elend nicht, weil einem dazu die Worte fehlen. Man muss es mit eigenen Augen gesehen haben, um sich ein Bild zu machen.

In Malojaroslawez, einige Kilometer hinter unserer Front, war ein Verpflegungslager. Die Zahlmeister, die darüber zu verfügen hatten, glaubten offenbar, es ginge ihnen etwas ab, wenn sich die Truppe beim Zurückgehen dort eindecken würde. Sie wollten – in dem Glauben, es wäre vielleicht noch was zu retten – nichts herausgeben und drohten jedem, der sich daran vergreifen sollte, mit Erschießung. Das kümmerte aber die Truppe nicht, sie nahm, was sie kriegen konnte, auch einen ganzen Waggon neuer Hosen und Feldblusen und drohte ihrerseits den Zahlmeistern, dass sie sofort erschossen würden, wenn sie sich rühren sollten. Sollte man vielleicht alles den Russen überlassen, die ein paar Stunden später hier sein würden? Fässer voll mit französischem Rotwein, den man in Frankreich als Marketenderware nachgeführt hatte, wurden geleert bzw. zerhauen und der Ort Malojaroslawez war eine einzige rote Eisbahn von ausgelaufenem Rotwein.

So also ging das Jahr 1941 furchtbar zu Ende. Dass ich noch am Leben war, war mir unverständlich. Aus so vielen Stoßtruppunternehmen und Einzelaktionen bin ich immer unversehrt zurückgekommen und hatte meinen Auftrag stets erfüllt. Wie würde es weitergehen? Diese Frage beschäftigte jeden Landser an Silvester 1941/42.

Russland-Feldzug 1941/42
November 1942 in Ssubbotniki
Bahnstation Debryanski
Strecke Wjasma-Wolosta Pjatnitza-Ugra – Milja-
tynski

NOVEMBERBETRACHTUNGEN

Wiesen zertreten, Wege zerfahren,
öde und leer wieder Steppe und Sand;
Kreuze, verlassne Zeugen des Krieges –
ferne am Himmel lodernder Brand.

Städte in Trümmern, Dörfer zerschossen,
nirgends ein Vögelein singt noch ein Lied;
Menschen, verkommen, kalt und verschlossen,
steinerne Herzen, die Hoffnung verglüht.

Rings schaut das Auge – Elend, Verwüstung,
blutige Ernte raffte der Tod;
weit liegt die Heimat, drüben im Westen
sinket die Sonne in purpurnem Rot.

Nacht kommt gegangen, Flocken ganz leise
wirbeln zur blutenden Erde herab;
betten das Land weithin zur Ruhe,
decken auch freundlich manch' einsames Grab.

Feldwebel Walther F.

Zu Beginn des Jahres 1942 verlief die vordere deutsche Front im Mittelabschnitt Russlands ungefähr von Wjasma – Roslawl – Wolosta – Piatnitza – Miljatinski ... Ein weiteres Jahr meines Landserlebens – fern der Heimat.

Anfang des Jahres wurde ich zum Feldwebel bestallt.

Und am 7. April 1942 erhielt ich aus der Heimat die Mitteilung, dass meine Ehe mit Dora geschieden sei. Da lagen wir gerade in Bogatyri. Und diese Mitteilung hat mich geschockt, wenn ich auch sonst ein harter Bursche im Nehmen der Dinge war.

Die Kämpfe tobten in diesem Winter nicht so stark wie im Vorjahr. Daher befahl mich Major Reese ca. 10 km hinter das bereitliegende Bataillon, um dort während der „Winterpause" in dem Ort Ssubbotniki einen Stützpunkt für unser Bataillon anzulegen, über den der gesamte Nachschub an Verpflegung, Rauhfutter, Verbandsmaterial und Munition sowie Post aus und nach der Heimat laufen könnte. Wie befohlen, so ausgeführt! Ich nahm mir zwei freiwillig bei uns dienende Russen mit, den Iwan und den Piotr, ersterer aus Maikop, der zweite aus Piatigorsk, beides im Kaukasus gelegen. Mit einem landesüblichen Pferdeschlitten und einem Russenpferd zogen wir also auf und davon nach Ssubbotniki, ca 10. km hinter unserem Bataillon.

In diesem Dorf lag eine Fahrkolonne, deren Feldwebel zugleich als Ortskommandant fungierte. Mit ihm setzte ich mich in Verbindung und erhielt das letzte, leerstehende Russenhaus am Dorfende. Meine beiden Begleiter machten gleich sauber, steckten den großen Ofen an und ich sprach mit dem Feldwebel wegen einer Hilfe zum Saubermachen, Putzen, Waschen, Flicken usw. Er sagte mir, ich solle am nächsten morgen um 7 Uhr kommen. Da stünden alle jungen Frauen auf der Straße, um Schnee zu schippen, da könne ich mir eine aussuchen. Gesagt, getan! Da standen nun am Morgen ca. 50 junge Frauen. Ich ging die Reihe einmal auf und ab und wusste gleich, welche mir gefallen würde. – Eine junge Frau namens Njura. Sie brauchte nun nicht mehr Schnee zu schaufeln, sondern unterstand jetzt mir. Ich nahm sie mit in unsere „Bude", stellte sie auch meinen beiden Begleitern vor, und so waren wir für die paar Wintermonate komplett. Njura war aus diesem Ort gebürtig, war aber in Moskau verheiratet. Wegen des Kriegsgeschehens war sie mit ihren beiden kleinen Buben zu ihren Eltern nach Ssubbotniki ausgewichen. Ihr Mann war in dem deutschen Feuer vor Tula und Orel schwer verwundet worden, hatte sie noch erfahren. Aber dann hat sie keine Nachricht mehr erhalten, weil ja durch die deutsche Front keine Post mehr durchkam.

Njura kam morgens beizeiten, machte Feuer, kochte, wusch Wäsche etc. Abends in der Dunkelheit brachte ich sie bis zu ihren Eltern und ihren Kindern. Sie versuchte, mir jeden Wunsch von den Augen zu lesen. Bald wurde ich auch morgens mit einem Küsschen geweckt. Ich sorgte für meine russischen Helfer, so gut ich konnte. Die beiden Männer bekamen ja dieselbe Verpflegung wie alle Bataillonsangehörigen, Njura mussten wir so mit durchschleppen, was aber keine Schwierigkeiten machte. Ich sorgte immer beim Verpflegungsempfang für das ganze Bataillon, dass ich nicht zu kurz kam, hatte immer ukrainisches Gefrierfleisch, ab und zu auch mal Slibowitz auf meinem Schlitten. Ich sorgte für ausreichend Hindenburglichter, damit wir es etwas hell hatten während der Winterszeit. Und die beiden Russen zimmerten sogar aus Brettern eine Eckbank und Schlafpritschen.

Das Bataillon schickte jeden Morgen pro Kompanie zwei Kuriere mittels Pferdeschlittengespann zu mir. Sie brachten die abgehende Post, die in die Heimat sollte und nahmen eingegangene Post bei mir mit. Auch Heuballen für die Pferde und Munition wurden geholt. Und einmal wöchentlich kamen auch die Rechnungsführer der vier Kompanien und nahmen die Verpflegung für ihre Kompaniestärken in Empfang.

Wenn nun morgens so gegen 9 Uhr die Kuriere per Schlitten ankamen (ich beobachtete sie schon von weitem mit dem Feldstecher), kamen sie wie Schneemänner, auf dem Bauch auf dem Schlitten liegend. Das war stets ein freudiges Treffen bei Feldwebel F. Ich hatte nämlich von Njura schon einige Pfund Fleisch zu einer feinen Fleischbrühe kochen lassen. Und so bekamen die Kameraden (ich habe sie alle mit Namen gekannt, viele davon waren auch aus Wiesbaden) erst einmal zum Aufwärmen eine heiße Fleischbrühe, Fleisch und Brot und hinterher aus meinen Schwarzbeständen einen Slibowitz. Mit der Post aus der Heimat, der Munition und sonstigen Dingen sausten sie dann mit ihren landesüblichen Pferdeschlitten über die weiten Schneeebenen zurück zu ihrem Bataillon, von wo aus sie mich dann über Feldtelefon über ihre gute Rückkehr verständigten.

Abends brachte ich die Njura immer wieder nach Hause zu ihren Kindern in ihr Elternhaus. Natürlich hat sie auch immer etwas zu Essen mitnehmen dürfen.

Anfang April 1942 gingen die Kämpfe wieder los. Divisionsbefehl: „Keine Frauensleute mitnehmen, weder in den Küchen noch in den Stäben!" So musste ich Njura verabschieden, und ich empfahl ihr, weiter in Richtung Westen zu ziehen, da dieses Gebiet hier sicher bald Kampfgebiet werden würde. Ich habe dann durch Zufall einmal erfahren können, dass sie sich weiter hinten im rückwärtigen Gebiet bei einer Gruppe von OT-Arbeitern (Organisation Todt) verdient gemacht hat, indem sie für diese älteren Männern kochte, wusch und alles sauber hielt.

N J U R A

„Nie soll Geschwätz beirren mich
Und – was die Leute sagen;
Was kümmert mich die tolle Welt
In meinen kurzen Tagen?
Ich ziehe meines Lebens Bahn
Die Liebe ist mein Lehen –
Und was auch immer ich werd' tun,
wird drum aus Lieb' geschehen!"

Njura hieß Anne Iwanne Demitschewa, geb. Gregoriewa, stammte aus Ssubbotniki im Rayon Snamenka, war in Moskau verheiratet und hatte zwei kleine Kinder. Ihr Mann war bei Tula im deutschen Feuer schwer verwundet worden. Sie hörte nichts mehr von ihm, weil unsere Front ja viel weiter über Tula hinaus ging und Post von russischen Soldaten ja unmöglich hierher kommen konnte. Im Winter 42/43 hielt sie meine Behausung sauber, wusch meine Wäsche und war mir sehr zugetan. Abends saß sie oft bei mir, in der Hand irgendeine Handarbeit. Im Frühjahr 1943 musste ich sie wandern und in Sicherheit bringen lassen. Ich frage mich manchmal, was aus diesem Menschenkind geworden sein mag ...

Im Mai 1942 waren die Schlachten wieder in vollem Gange. Hitler wollte diesmal über den Kaukasus um an das Erdöl in Baku zu kommen. Auf dem Elbrus, dem höchsten Berg des Kaukasus, wehte sehr bald die Hakenkreuzflagge. Es fielen Maikop und Pjatigorsk in deutsche Hand, aber nicht lange. Nach Baku kamen wir nicht. Im Gegenteil, es ging zurück. Wie es in Stalingrad an der Wolga ausging und was aus der 6. Armee wurde, weiß heute wohl fast jedes Kind. So stand man am Jahresende 1942 fast wieder dort, wo man zu Beginn des Jahres angetreten war. Unser eigenes Bataillon hatte so viele Verluste, die man nicht anders als mit „Hiwis", d.h. mit hilfswilligen Russen, die man aus dem Gefangenenlager anwarb, ausgleichen konnte. So wurden wir umgekrempelt und wurden letztlich ein reines, sogenanntes Ostbataillon. Das heißt, alle Unterführer waren Deutsche, die Mannschaften zum Großteil Russen. Auf diese Weise kam zum Beispiel auch Victor S. zu unseren Bataillon.

(Victor heiratete eine deutsche Frau und ließ sich mit seiner Familie in Oberfischbach nieder, einem kleinen Dorf, das nicht weit vom Wohnort meiner Großeltern entfernt. Mit Victor war mein Großvater bis zu dessen Tod befreundet. Die Familien trafen sich auf den Geburtstagen und machten ab und zu gemeinsame Ausflüge. Auch ich habe heute noch Kontakt zu Victors Tochter.)

Ich wurde sehr bald zum Bataillonsspieß (Oberfeldwebel und Hauptfeldwebeldiensttuender) ernannt und hatte damit eine ziemlich große Verantwortung zu übernehmen. Ich hielt zu allen deutschen Unterführern und allen vier Kompanien feste Verbindung. So ging das Jahr 1943 zu Ende. Die Aussichten für das Jahr 1943 waren nicht rosig!

Feldwebel Walther F.

Dorf Mitkowo/Russland, 8. Juli 1942
Feldpostnummer 0 3 6 6 7

Rayon Snamenka (Mittelabschnitt)

TRAUM IN RUSSLAND

Heut' lag ich vor meinem Bunker
Im grauen Steppengras,
An gar nichts mocht' ich denken
Und kam doch auf dieses und das.

Am Sommerhimmel hoch zogen
Federwolken dahin –
Ach, wer da mitfliegen könnte,
So kam es mir in den Sinn.

Zur Heimat der teu'ren nach Westen,
Über Russlands Sümpfe und Sand
Und über die polnischen Wälder –
Nach Hause – ins Rheingauer Land.

Dort, wo an des Stromes Strand
Die stolzen Burgen noch steh'n,
Wo nun die Rosendüfte
Die schmucken Hütten umwehn.

Wo in den stillen Abend
Manch trautes Lied wohl erklingt,

Wo oft man in froher Runde
Des Weines Becher noch schwingt.

Wo blonde und braune Mädchen
Flinkfüssigen Schrittes gehen,
Wo über Wingert und Wälder
Die Sommerwinde nun weh'n.

Wo auf Stromes spiegelnden Wellen
Manch Schifflein trägt fröhliche Last
Und wo rebenumsponnene Lauben
Dich laden zu Einkehr und Rast.

Wo Germania von waldiger Höhe
Grüßt unten im Tale den Rhein.
Herrgott! Wer könnt' es ermessen,
Ein glücklicher Mensch dort zu sein.

Und Gedanken kommen und gehen,
Umspannen den weltweiten Raum,
Doch die Sommerwinde verwehen
Mir auch diesen so seligen Traum.

Und so bind' ich den Helm wieder fester,
Die MPI stets fest in der Hand,
Zu kämpfen, zu siegen, zu sterben,
Für Dich - mein Rheingauer Land!

Feldwebel Walther F.
Feldpostnummer 03667

In Rußland, den 09.07.1942

Gestern erhielt ich Deinen lieben Brief wofür ich meinen Dank sage.

Auf die Beantwortung meines ausführlichen Briefes vom 18.06. warte ich nun aber noch. In diesem Brief hatte ich Dir alles beschrieben, wie ich mir die finanzielle Zukunft denke, hatte auch Ausführungen gemacht wegen unserer Versicherungen.

Inzwischen, hoffe ich, wird auch ein Brief durch Oberfeldwebel Heins abgegeben worden sein, der 30,- RM für die Mutter enthielt.
Ferner ist am 28.06. hier ein kleines Kistchen für Dich und die Mutter abgegangen. Du wirst darin eine Flasche Kognak und eine Flasche Rum sowie zwei oder drei Dosen vorfinden, die Du Dir wieder für den Winter aufheben kannst. Die Kiste wird sicher durch meinen Kameraden Roth aus der Hellmundstraße 52 abgegeben werden.

Du schreibst, dass Du Dir jetzt mit Radieschen, Obst und Salat hilfst. Ja, Dora, das ist doch fein. Hier gibt es so was nicht. Wir haben uns einige Male Brennnesselspinat gemacht, das ist aber auch alles. Keine Milch, kein Ei, nichts sieht man hier als Soldat. Es fehlt wirklich an einer abwechslungsreichen Kost. Das kann der Körper mal eine Zeit lang aushalten, aber es wird nun schon so lange, dass eben dem Körper viele Stoffe fehlen. Das macht es auch, dass viele so schlapp werden, dass die Zähne wackeln und dass der Körper gegen Krankheiten nicht mehr so widerstandsfähig ist. Das alles gehört aber eben zu dem Kapitel Krieg.

Dieser Tage bekam ich auch ein Wiesbadener Tagblatt in die Hand und las, dass jetzt auch Theaterferien sind. Ich würde es schön finden, wenn Du ein paar Tage etwas mit Deiner Mutter unternehmen könntest. Aber ich weiß schon, wie das bei Euch im Geschäft ist, es wird wohl kaum möglich sein.

Mit Interesse höre ich, dass Du Deine Wohnung jetzt so hast, wie Du es wolltest. Na, das freut mich. Und weil Du schreibst, dass ich vielleicht mal Gelegenheit haben werde, es zu bestaunen, so will ich diese Gelegenheit während meines nächsten Urlaubs, wahrscheinlich kommenden Winter, gern nutzen. Ich denke, ich werde mindestens die Hälfte meines Urlaubs in Wiesbaden verleben. Wenn ich Euch dann nicht zuviel sein werde, werde ich gerne kommen.

Schade, dass ich immer das Pech habe, im Winter in Urlaub zu gehen. Müsste jetzt im August sein, dann würde ich Dich noch mal zu einer Wanderung einladen, wie zum Beispiel damals – über Kemel, Espenschied, Wollmerschied durchs Wispertal nach Sauerburg und dann nach Lorch. Aber das Glück hat man eben nicht.

Und so geht auch dieser Sommer und damit wieder ein kostbares Jahr unserer Jugend dahin und wer weiß, wie viele es noch werden!?

Gestern und vorgestern hatte ich es schwer im Leib. Ich kam vom Donnerbalken nicht mehr herunter und die Mücken, die hier im Sumpfgebiet zu Millionen leben, haben mich schwer gepiesackt. Gestern Nachmittag habe ich mich ein bisschen in die Sonne gelegt und mir den Leib bescheinen lassen, heute bin ich wieder in Ordnung. Aber in den wenigen Stunden, die ich dadurch mal zur Ruhe kam, ist auch das beiliegende Gedicht „Traum in Russland" entstanden.

In der Siedlung weiß, wie Du schreibst, niemand von unserer Scheidung. Nun wird es aber nicht mehr lange dauern, dann werden sie in Dotzheim wahrscheinlich von den veränderten Verhältnissen erfahren. Aber das kann Dir ja auch ganz egal sein. Am besten ist es eben, wenn Du Dich überall zurückhältst und Deine Miete möglichst im Voraus bezahlst. So bleibst Du immer angesehen. Privatangelegenheiten gehen ja die Leute nichts an.

Du schreibst, Du hättest keinen Freund und keine Freundin. Liebe Dora, das will ich kaum glauben.

Ich weiß, dass Du in einem recht guten Verhältnis zu einem ehemaligen SS-Kameraden stehst und schon standest, als ich noch nicht an Scheidung gedacht habe. Du bist sogar damals schon mit ihm in einer Wirtschaft gesehen worden, die Ihr beide dann auch allein und zusammen verlassen habt. Und meine eigenen Beobachtungen haben mich auch auf diese Spur geführt. Ob Du jetzt weißt, wen ich meine, ist Nebensache. Aber genug davon, ich habe ja heute jedes Recht verloren, dazu etwas zu sagen und mache Dir auch keinen Vorwurf. Aber wenn Du Dich wieder jemandem anschließt, empfehle ich Dir, doch genau zu prüfen. Mir gegenüber aber bitte ich Dich, ehrlich zu sein, mir kannst Du alles sagen, und ich werde Dich auch in uneigennütziger Weise bestens beraten, wenn etwas ist. Also schreibe nur, wenn Du etwas auf dem Herzen hast.

Wenn Du aber an mich schreibst, bitte ich Dich, zugleich meinen Brief zur Hand zu nehmen und darauf zu achten, dass Du mir auch alle meine Fragen beantwortest.

Und damit bin ich nun am Ende meines Wissens.

Bei Fliegeralarmen seid nicht leichtsinnig. Es kann noch viel brutaler kommen! Legt euch zweckmäßigerweise eine Volksgasmaske zu!

Ich hoffe, bald wieder etwas von Dir zu hören und
grüße Dich und Deine Mutter heute herzlichst als

Euer
WALTHER

Feldwebel Walther F
Russland, den 14. September 1942

ER ERHÄLT UNS

Ich bin wohl nur ein Stäubchen
auf weit und breiter Flur –
ein winzig kleines Körnchen
im Ablauf der Natur.

Du scheinst mir nur ein Blümlein
auf sommerlicher Heid' –
küsst Dich der kalte Herbstwind,
vorbei sind Lust und Freud.

Sind wir gleich unbeachtet
auf dieser schnöden Welt –
so spürn wir doch den Herzschlag,
durch den uns Gott erhält!

Welikopolje/Russland, September 1942

Sternenklare Nacht; ich steh' am Waldessaum –
hoch über mir wölbt sich der weite Weltenraum.
da sprach ich leis': Mein guter Stern,
grüß' mir mein Lieb in weiter Fern'
und sag' , dass ich in dunkler Nacht
steh' auch für sie hier auf der Wacht!
Mir sei nicht bang; ich wüßt' ein Herz
das mit mir fühlt in Freud' und Schmerz;
so glaub' ich auch bei dunkler Nacht,
dass über mir ein Sternlein wacht.

Feldwebel Walther F.

In Russland, Herbstanfang, 21. Sept. 1942

S E P T E M B E R

Sommerfreuden – rasch entflohen –
Waldesschatten – Vogelsang –
erstes Jagdhorn schon erschallet
Halali – das Tal entlang.

Heitrer Tag – Altweibersommer
schwebet silbern durch die Luft –
frischgebrochne Krumen Erde

spenden herbstlich-frühen Duft.
Heckenrosen im Verblühen
weisen in den Herbst hinein
und des Scheidens süße Wehmut
schleicht sich in jedes Herz hinein.

War ein Frühling – kam ein Sommer,
muss auch Herbst – wird Winter sein;
alles strebet nach Erfüllung –
ewiglich – jahraus, jahrein!

1943

Das Jahr 1943 wurde für mich persönlich wieder
ein ganz bewegtes. Ich will versuchen, alles hier
so einigermaßen verständlich aufzuzeigen.
Zunächst wurde unser Bataillon in schwere
Kämpfe verwickelt, aus denen wir ziemlich „zer-
fleddert" zurückkamen. Es kam zu der bekannten
sogenannten „Büffelbewegung". Es war der Na-
me für eine langsame Rückwärtsbewegung unter
dem Motto, den Gegner immer wieder aus der De-
fensive anzugreifen und ihm so schwere Verluste
zuzufügen. Dies geschah auch. Anfang Februar
bekam ich vom Bataillonskommandeur den Auftrag, ca. 30 km zurückzureiten und dort die nächste Auffangstelle für das ganze Bataillon, Stab
und 4 Kompanien sowie Tross vorzubereiten und
vor allem auch gleich für Verpflegung, Rauhfutter, Verbandsmaterial, Veterinärgerät und beson-

ders auch für Munition zu sorgen. Er gab mir einen jungen Schützen, kaum von der Hitlerjugend aus dem Reich bei uns eingetroffen, mit auf den Weg, zu meiner Hilfe bei der reichlichen Aufgabe. Ich begab mich also auf den Ritt und bezeichnete in drei nicht zu weit auseinanderliegenden Dörfern die Russenhäuser mit Kreideaufschriften, wer wo unterkommen sollte. Dann quartierte ich mich bei einer in dem einen Dorf liegenden Einheit ein und wartete nun, bis das Bataillon in drei bis vier Tagen hier eintreffen würde.

Am Abend saß auch der junge Nachschubmann aus Heidelberg bei uns „alten Hasen" von der dort einquartierten Einheit. Es kam zu politischen Gesprächen über die Aussichten des Kriegsgeschehens (besser gesagt über die Aussichtslosigkeit unseres ganzen verlustreichen Kampfes). Ich beteiligte mich auch an den Gesprächen und sagte unter anderem, dass wir den Krieg allein schon deswegen verlieren würden, weil wir kein Öl mehr bekommen könnten. Und im weiteren Verlauf des Gespräches habe ich dann auch geäußert, Hitler solle zurücktreten, wenn er die Lage nicht mehr meistern könne, es gäbe genug Männer in Deutschland, die uns aus der ausweglosen Lage herausführen könnten. Dass wir den Krieg verlieren würden, war meine unumstößliche Auffassung.

Der junge Schütze hat sich die Äußerungen alle notiert und sie dem Einheitsführer dieser Einheit, bei der wir uns einquartiert hatten, brühwarm gemeldet. Dieser war zugleich IC-Offizier, also für die Abwehr solcher Sachen zuständig. Ich hatte das alles noch nicht bemerkt. Am anderen Morgen wurde ich zu diesem Einheitsführer, einem Hauptmann, bestellt. Er teilte mir mit, ich müsse „mal mit ihm wohin fahren". Ich dachte, ich hätte vielleicht Quartiere zu Unrecht belegt. Er ließ mich in seinen Kübelwagen einsteigen und fuhr und fuhr. Die Fahrt schien gar kein Ende zu nehmen. Dann plötzlich dämmerte es mir - und richtig, als er endlich anhielt, las ich in Roslawl ein Schild am Haus „GFP 431"(Geheime Feldpolizei).

Nun konnte ich schlecht etwas anderes tun als ihm ins Haus zu folgen. Während der ganzen Fahrt hatte ich schon überlegt, ob ich ihn erschießen soll. Aber was hätte das genützt? Dann hätte ich ja zu den Russen überlaufen müssen, denn man hätte mich ja gesucht. Also ließ ich es über mich ergehen. Man entwaffnete mich sofort und erklärte mir, dass ich wegen meiner Äußerungen über den Führer verhaftet sei und in die Wehrmachtsstrafanstalt Roslawl eingeliefert würde. So geschah es auch unverzüglich.

Da saß ich nun in einer kleinen Zelle, vergittertes Fenster, eine Pritsche, ein Stuhl, sonst nichts ...

Kein Kochgeschirr, keinen Löffel, kein Messer, kein Rasierzeug! Bald war auch die Wäsche schmutzig, kein frisches Hemd, keine frischen Strümpfe – nichts! Wenn's ein Süppchen gab, musste ich warten, bis mir einer der Strafanstaltsinsassen mal seinen Kochgeschirrdeckel und Löffel lieh.

Die Anstalt war voll belegt. Morgens um vier Uhr hörte ich, wie der Anstaltspfarrer meinen Zellennachbar auf der einen Seite besuchte und ihm klarmachte, sein letztes Stündlein habe geschlagen. Er fragte ihn, ob er ihm nicht Uhr, Ring etc übergeben wolle, damit er es an die Lieben daheim senden könne. Es dauerte zwei Stunden, bis der Mann sich beruhigt hatte. Er hatte Selbstverstümmelung begangen, um dem Kriegsgeschehen zu entkommen. Ich hörte ihn jammern, warum sein Gnadengesuch nicht an den Führer weitergeleitet worden wäre und die Antwort des Pfarrers, dass das geschehen sei und das Gnadengesuch sei abgelehnt worden. Somit gäbe es keinen Ausweg für ihn. Um sechs Uhr wurde er aus der Zelle geholt und unten hörte ich die Tür eines Sankawagens (Sanitätskraftwagens) zuschlagen. Zehn Minuten später konnte ich die Exekution und die Erschießungskommandos hören. Wieder einer weniger für „Führer, Volk und Vaterland ..."

So ging das mehrmals während meiner Zeit des Einsitzens. Das quälte mich, und ich dachte, dass ich, wenn man mich verurteilen sollte, lieber einen Fluchtversuch vornehmen und mich auf der Flucht erschießen lassen würde als am „Marterpfahl".

Ich riskierte also auf alle Fälle einen Ausbruchsversuch und wurstelte schon mal an den Gitterstäben meines Zellenfensters im ersten Stock. Ich stellte mich auf den Zellenstuhl, öffnete das Fenster und drehte mit gewaltiger Kraft die Eisenstäbe, die einbetoniert waren, nach und nach immer lockerer, damit ich bei einer Verurteilung vom ersten Stock in den Hof hinunter springen könnte, dort den Posten anfallen, ihm die Waffe entreißen und über den Stacheldraht abhauen. Aber es kam anders: Der eine Zellennachbar muss dem auf dem Gang patroullierenden Posten zugeflüstert haben, er solle mal meine Zelle öffnen, da stimme etwas nicht. Die Tür ging auf, ich stand am Fenster, der Wind hatte den Zementstaub beim Drehen der Eisenstäbe hereingeweht und alles auf meine Feldbluse. Ich sah aus wie ein Bäckerbursche. Der Posten nahm mich fest und brachte mich zum Wachkommando. Die Folge: Drei Tage Dunkelhaft! Und dazu die Worte: „Da haben sie etwas Schönes gemacht. Ihr Kopf wird rollen, darauf können sie sich verlassen!"

Am zweiten Tag der Dunkelhaft kam ein Feldwebel der Wachkompanie zu mir und sagte mir folgendes: „Wo kommst du denn her? Ei, von Wissbade! Ich komm von Mannem (Mannheim). Also Kamerad, mach dir bloß keine Gedanken wegen des Vorfalls. Ausbruchsversuche gibt es andauernd und können nicht die Grundlage für eine Straferhöhung bilden." Er bot mir sogar Zigaretten an, aber ich war ja Nichtraucher. Nach dreimal 24 Stunden kam ich wieder in eine andere Zelle. So ging das vom Februar bis 21. März 1943. Das war ein Sonntag – Frühlingsanfang. Um 6 Uhr morgens ruft es durch die Lautsprecher „Oberfeld F., fertig machen zur Fahrt zum Kriegsgericht, Abfahrt um 7 Uhr." Ich machte mich, so gut ich konnte, fertig und versuchte, mich noch ein wenig zu rasieren, und wurde um kurz vor sieben von zwei Stabsfeldwebeln der Feldgendarmerie abgeholt. Ich bekam noch einen schwarzen Kaffee und ein Stück Brot, dann wurden die Handschellen angelegt, Hände auf den Rücken, und ich stieg in den Kübelwagen ein. Die Fahrt ging zum Kriegsgericht XII.AK. (in Friedenszeiten war das in Wiesbaden). Dort, in einem Dorf Pawlinowo, an der Rollbahn angekommen, stand am Dorfeingang ein Feldgendarm mit Stahlhelm und MPI und sagte „Ei, Walther, was ist denn mit dir los?" Ich kannte den Mann schon lange Zeit. Ich erzählte ihm, ich hätte „falsch gesungen" und käme jetzt vors Kriegsgericht. Ich bat die zwei Stabsfeldwebel, mir eine halbe Stunde Urlaub auf Ehrenwort zu geben, weil ich hier zwei mir bekannte Offiziere aufsuchen wolle, die beim Stab des XII.AK. seien. Ich bat sie, mit dem Kübelwagen in Richtung Küche zu fahren. Dort kannte ich den Unteroffizier Karl K. aus Wiesbaden. Dem sagte ich, er solle den beiden mal was Gescheites zu essen geben, ich habe eine halbe Stunde Urlaub auf Ehrenwort. Ich wollte mal zum Oberstleutnant Freiherr von Uckermann und zum Quartiermeister (seinen Namen habe ich leider vergessen). Uckermann rief sogleich den Quartiermeister zu der Besprechung dazu: „Mensch, F., was hast du bloß gemacht? Jetzt haben sie dich am Hintern.

102

Aber warte, wir versuchen, dir zu helfen. Hier ist sowieso die Abteilung III (Kriegsgericht), du musst zur 168. Division. Dort rufen wir an, während du hingefahren wirst und sprechen mit dem dortigen Kriegsgerichtsrat. Fahre mal unbesorgt mit deinen zwei Stabsfeldwebeln hin, was wir können, werden wir tun." Also bekamen die zwei Stabsfeldwebel Bescheid, mit mir zur 168. Division zu fahren und sich bei Kriegsgerichtsrat Abegg zu melden. Nach ca. einstündiger Fahrt kamen wir dort an. Man führte uns in eine Russenbude. Darin stand eine Bank, davor ein Stuhl. Die Stabsfeldwebel machten Meldung, durften sich rühren und draußen im Kübelwagen warten.

Ich stellte mich vor, und Kriegsgerichtsrat Abegg sagte mir, ich solle ihm ohne Beschönigung alles sagen, was ich an dem fraglichen Abend geäußert hätte, er würde sehen, was er für mich tun könne. Die Korpsstabsoffiziere hatten also schon mit ihm gesprochen. Er sagte mir: „Lieber F., machen sie keine Dummheiten, ich setze sie auf freien Fuß, kommen sie dann zur Kriegsgerichtsverhandlung in ca. zwei bis drei Wochen. Ihre Einheit wird benachrichtigt." Ich bedankte mich sehr und dann ließ Abegg die zwei Stabsfeldwebel wieder hereinkommen und gab ihnen den Befehl, mich zu meiner Einheit nach Mitychinski zu fahren und dort beim Einheitsführer abzuliefern. Und so ging die Fahrt los, jetzt ohne Handschellen, am Abend kamen wir bei Major R., also bei meiner Einheit an. Dort staunte man nicht schlecht, hatte man doch geglaubt, mich nie wieder zu sehen. Alles was mir gehört, hatte man bereits untereinander aufgeteilt. Ich habe aber von Eugen D., *(ich lernte diesen Mann später als Onkel Eugen aus München kennen, der uns immer mal wieder besuchte und immer Geschenke an mich schickte)* der Rechnungsführer bei uns war, alles neu bekommen und nahm meinen Dienst als Oberfeldwebel wieder auf.

Nach drei Wochen kam die Ladung zur Gerichtsverhandlung. Bewaffnet mit einem Leumundszeugnis wurde ich rechtzeitig, 3 Tage vorher, losgeschickt, denn es war Schlammperiode im Raum Jelnja und Dorogobusch. Nachts schlief ich mit 50 bis 60 Russen in einem Raum, natürlich immer die 08 geladen am Bauch. Schließlich war ich am Ziel angelangt. Die Verhandlung fand in einer Russenbude statt. Der „Staatsanwalt" war ein Kriegsgerichtsrat von der 4. Armee im Mittelabschnitt. Er vertrat die Anklage, die auf „Zersetzung der Wehrkraft und Führerbeleidigung" lautete. Meine Verteidigung hatte auf meinen Wunsch hin der Leutnant Weiß von der Nachrichten Abt. 52 (im Frieden in Wiesbaden-Freudenberg ansässig) übernommen. Die Verhandlung begann morgens um zehn Uhr. Ich hatte mir eine saubere Uniform besorgt, Haare gut geschnitten, sauber rasiert, damit das Gericht keinen schlechten Eindruck von mir haben konnte.

Der Vertreter der Anklage verlas nun die Anklagepunkte und sagte dazu, dass es in seinem Ermessen läge, das Strafmaß zu bemessen, und zwar könne er es von der geringsten Strafe (6 Wochen Strafkompanie) bis zur Todesstrafe verfügen, je nachdem, was die Verhandlung erbringe. So wurde vier Stunden verhandelt, dann zog sich das Gericht für eine halbe Stunde zur Beratung zurück. Im Namen des Volkes wurde Folgendes ausgeführt: „Da ihr Leumund in Ordnung ist, ihre Einheit erklärt, dass sie sich immer zu Stoßtruppunternehmen freiwillig gemeldet haben, und auch zahlreiche ihrer Kameraden bezeugen, dass sie sich stets bester Kameradschaft befleißigt haben, werden wir ihren Fall als minderschweren Fall behandeln, in der Hoffnung, dass es sich bei ihren Äußerungen um eine einmalige Entgleisung handelt. Das Gericht ist daher übereingekommen, das Strafmaß auf vier Monate Gefängnis, hilfsweise vier Monate Strafkompanie, festzusetzen. Nehmen sie die Strafe an?" Ich musste mich ja sofort entscheiden und was konnte ich Besseres tun, als „Jawohl, Herr Kriegsgerichtsrat!" zu antworten? Letzterer erklärte mir noch, dass das Urteil noch vom Oberkommandierenden der 4. Armee, Generaloberst Kluge, bestätigt werden müsse, ehe es seine Rechtskraft erlange. Der Kriegsgerichtsrat der 4. Armee empfahl mir noch, sofort ein paar Zeilen an die 4. Armee zu verfassen, in welchen ich mich einverstanden erkläre, wenn ich für die Dauer von vier Monaten der Strafkompanie 999 zugeteilt würde (darin war alles vorhanden, Marine, Luftwaffe, Heer, alles, was zum Sterben auserkoren war und daher zu Sondereinsätzen mit Todessicherheit eingesetzt wurde). Ich befolgte das und nach 20 Minuten setzte sich der Kriegsgerichtsrat wieder in seinen Kübelwagen und fuhr ab. Ich konnte zurück zu meinem Bataillon und den kommenden Dingen entgegensehen. Nach 14 Tagen wurde ich zum Bataillonsstab gerufen. Er sagte mir „Schauen sie sich das mal an und lesen sie laut vor!" Ich las: „Das Urteil wird zwar bestätigt, jedoch wird es umgewandelt in 3 Wochen geschärften Arrest, von Rangverlust wird abgesehen, F. verbleibt bei seiner bisherigen Truppe, gezeichnet Generaloberst Heinrici!"

Dieser Oberst Heinrici muss meinen Namen wiedererkannt haben und sich daran erinnert haben, wie ich ihm vor dem Durchbruch der Maginotlinie bei seinem Dienstantritt beim XII. Armeekorps mit einer Abordnung Meldung gemacht habe. Jetzt lag ihm mein Urteil vor und er vertrat bei der 4. Armee derzeit den erkrankten und inzwischen zum Feldmarschall aufgestiegenen Kluge. Das war mein Glück im Jahr 1943.

„So, was mache ich nun mit ihnen, F.?", sagte der Major R. zu mir. „Nun, Herr Major, wir haben hier genug Bunker, da sperren sie mich solange in einen ein." „Ja", sagte er „aber ich muss sie alle Tage mindestens eine Stunde an die Luft führen. Gut, das besorgt der Sanitätsoberfeldwebel H. (aus Bleidenstadt), der Rechnungsführer Eugen D. mag für ihre Verpflegung sorgen." Wie gesagt, so getan. Eugen D. brachte mir alles, was ich brauchte, Willi Hildebrandt führte mich täglich nach dem Mittagessen eine Stunde (es wurden immer drei daraus) in dem schönen Mai aus. Ich kriegte meine Post aus der Heimat gebracht und konnte auch nach Hause schreiben, obwohl das alles bei geschärftem Arrest an und für sich unmöglich ist. Und da das Bataillon am 16. Mai 1943 wieder zum Einsatz kam, wurde die Strafe bzw. der Rest der Strafe ausgesetzt.

Am 15. Mai musste ich raus und als Bataillonsspieß wegen des am nächsten Tag losgehenden Einsatzes noch alles regeln. Mir unterstanden als Hauptfeldwebeldiensttuender im gewissen Sinne die Kompaniefeldwebel der vier Kompanien. Mit allen stand ich auf gutem Fuß und war mit ihnen „per du". Ich war für alle gesprächsbereit und hatte für jeden ein offenes Ohr. Der junge Schütze aus Heidelberg, dem ich die Tage in der Wehrmachtsstrafanstalt zu verdanken hatte, machte in der 2. Kompanie Dienst. Ohne dass ich etwas dazu getan hatte, hatte er es nunmehr nicht leicht. Er war immer dran bei nächtlichen Einsätzen und bei „freiwilligen" Stoßtruppunternehmen. Die Kompanie-Unterführer haben ihn zwar korrekt behandelt, aber wehe, wenn er sich zu irgendwelchen schwereren Unternehmungen nicht freiwillig meldete, dann konnte er etwas hören!

Am 16. Mai gingen wir in die Wälder von Bryansk und Wjasma, ganz besonders ging es darum, Teile der 33. Armee, die sich unter dem russischen General Below noch in den dichten

Wäldern aufhielten, aufzuspüren und aufzureiben. Nach zwei Monaten waren wir so weit, dass wir das gesamte Gebiet geleert hatten. Wir hatten nur wenige Verluste zu verzeichnen, der Gegner aber war mit weit über 1000 Toten zur Strecke gebracht.

Juni 1943 – einem Feldpostpäckchen an meine liebe Dora legte ich ein paar blaue Glockenblumen und die folgenden Zeilen bei:

Feldpostpäckchen Nr. 32

Nimm dieses kleine Päckchen
aus dem fernen Feindesland;
die blauen Glockenblumen –
die pflückten meine Hand.
Es sind nicht rote Röslein,
sie sind auch nicht mehr frisch;
Du kannst sie nicht mehr stellen
auf Deinen Stubentisch;
doch sollen sie Dir sagen
wie lieb ich Dich stets hab'
und dass ich Dir gehöre
bis an Dein kühles Grab!

Nach dem Einsatz in Bryansk und Wjasma rollierte wieder der Urlaub. Einer nach dem anderen konnte für 21 Tage in die Heimat fahren. Einige Kameraden erhielten das Eiserne Kreuz. Auch ich war darunter und erhielt, nachdem ich bereits das EK II im Frankreichfeldzug erhalten hatte, nunmehr das EK I dazu.

Im Spätsommer war auch ich mit Urlaub dran. Braungebrannt mit dem EK I auf der Brust fuhr ich nach Wiesbaden. Dort traf ich auch wieder mit meiner geschiedenen Frau Dora zusammen und irgendwie muss es da über uns gekommen sein. – Wir nutzten die drei Wochen und schlossen ein zweites Mal unsere Ehe. Das ging als Kriegstrauung kurz und bündig.

Am 23.8.1943 fuhr ich von Wiesbaden aus wieder an die Front nach Russland und wusste noch nicht, dass mein einziger, lieber Bruder Gerhard am 5.8.1943 bei Bjelgorod/Nähe Charkow/Ukraine als Panzerkanonier den Tod gefunden hatte. Ich war gerade ein paar Tage wieder bei meiner Truppe, als ich die Nachricht erhielt. Er ließ in Oberlungwitz seine Frau Anneliese zurück, die er erst am 22.5.1943 geheiratet hatte.

Meinem gefallenen, einzigen Bruder Gerhard F., geb. 04.01.1914 zu Leipzig, gefallen am 05.08.1943 bei Bjelgorod/Ukraine – Sturmartilleriefahrer – in steter, treuer Erinnerung gewidmet:

B R U D E R H E R Z

Du wolltest lieben – niemand hassen,
Du hofftest auf ein Wiedersehn –
Und musstest doch so früh
Dein junges Leben lassen –
Du gingst den Weg, den hier so viele gehen.

Du hast das Höchste, Letzte hingegeben,
Gern opfre ich es heut' erst recht,
Und fall' ich auch, was gilt das Leben?
Gemeinsam stirbt es sich nicht schlecht.

Heut' pulst in mir noch lebensstarkes Blut,
Wann wird das Schicksal mich bezwingen?
Noch fühle ich den heil'gen Mut
Ein wenig um das Licht zu ringen.

Doch wenn so viele müssen fallen,
Im Felde stirbt man nie allein;
Du Bruderherz warst mit das Liebste mir von allen,
So lass es noch im Tode sein!

Bei Mogilew am Dnjepr, den 5. Oktober 1943

Dein Bruder
Walther F.

Am 23.8.1943 noch am Urlauberrückzug nach Russland schrieb ich noch auf dem Hauptbahnhof Wiesbaden folgende Zeilen an meine Lieben:

Wiesbaden ade

Vertraute Stadt am Taunushang,
nun sag' ich Dir ade –
schon stehe ich am Schienenstrang –
mir tut das Herz so weh.

In Deinen Mauern bleibt zurück –
was ich so heiß geliebt
und was mir war mein ganzes Glück –
mein Sinn ist tief betrübt.

Lebt wohl ihr Lieben allzumal –
die Ihr mein Leid geteilt,
ich grüß' Euch alle tausendmal –
mich ruft die Pflicht – es eilt!

Und ob ich kehr' hier wieder ein –
im lieben Heimatland,
das weiß bestimmt nur Gott allein –
ich legs in seine Hand.

bei Mogilew am Dnjepr, den 6. Oktober 1943

Über den herbstgoldnen Birken
flammet das Abendrot;
sagt süß von Liebe und Leiden –
vom „schönen Soldatentod".

Und graue Nebel entsteigen
feuchtsumpfigem Wiesengrund;
die Nacht kommt leise gegangen –
des Tages heimeligste Stund'.

Schon flackern vom dämmernden Himmel
die ersten Sternlein herab
und trösten die grauen Soldaten
auf Posten und auch die im Grab!

Gegen Ende des Jahres 1943 wurde unser Bataillon aus Russland herausgezogen, kam nach Mielau (polnisch Mlawa) im alten Ostpreußen, wurde kriegsstark aufgefüllt und noch mal kurz gedrillt. Dann ging es über Radom nach Wien, von Wien über den Semmering zunächst nach Ljubljana (Laibach) zur Bandenbekämpfung. Titos Mannen machten uns dort zu schaffen, tägliche Eisenbahnsprengungen usw. Wir kontrollierten für einige Zeit den Abschnitt Laibach – Abbazia – Fiume – Triest. Unsere Gefallenen in dieser Zeit beerdigten wir stets in Fiume.

1944

Zu Beginn des Jahres wurden wir nach Italien befohlen. Über Venedig, Bologna, Florenz, Arezzo
ging es nach Terni und Spoleto. Dann weiter nach
Rom und von dort aus rüber zur Adria nach Aqui-
la, Chieti und Pescara. Bei Tollo wurden wir dann
eingesetzt gegen die Engländer, die dort mit starken Kräften angriffen. Hier hieß es, sich behaup-

ten. Die Adriastrecke von Bari aus nordwärts über Foggia, Pescara, Ancona weiter über Rimini und hinauf bis nach Ravenna hatten wir nun zu kontrollieren. Doch machten uns hier die Jabos (Jagdbomber), die diese Strecke laufend unter Beschuss hielten, ziemlich zu schaffen. Der „Tommy" kam stets wie der Blitz aus heiterem Himmel. Für unsere Fahrzeugkolonnen war das äußerst unangenehm. Aber noch mal zurück nach Tollo: Dort hielten wir die Stellung sicher gegen einen übermächtig drückenden Engländer. Der schoss den ganzen Tag und die ganze Nacht über auf alles, was sich bewegte. In unserem Kampfabschnitt war die italienische Zivilbevölkerung längst evakuiert. Doch kamen einzelne Männer hin und wieder nach vorn und wollten aus den verlassenen Häusern Lebensmittel holen. Sie wussten, dass sie nichts im Kampfgebiet zu suchen hatten. Kamen sie daher z.B. mit zwei Ochsen, blieb ein Ochse bei uns in der Küche. Mit dem anderen konnten sie das Kampfgebiet wieder verlassen. Da gab es dann acht Tage lang Buletten, mit Paprika geschärft, und roten und weißen Wein, den man überall in den Kellern fand. Oft fand man auch Weizenmehl und Hausmacher Olivenöl. Unsere Küchenmänner, allen voran Küchenfeldwebel K., machte daher nicht nur Rinderbraten und Beefsteaks, sondern es gab auch Berliner Pfannkuchen (Kreppel) aus feinstem italienischem Weizenmehl, in Olivenöl gebacken. Dieser Service unseres Küchenpersonals ließ uns die Schwere der Tage und

Nächte einigermaßen gut überstehen. Während man sonst bei der üblichen Wehrmachtsverpflegung immer ein Loch im Bauch hatte, hatten wir hier einmal ein paar Tage, an denen man sich satt essen konnte. Doch diese währten nur kurze Zeit. Für mich endeten sie schon nach wenigen Tagen. Bei einem heftigen Granatwerferüberfall erwischte es mich an der rechten Hand. Der rechte Ringfinger hing nur noch an einem seidenen Faden, an der Sehne. Sanitätsoberfeldwebel H. hat mir erste Hilfe geleistet und mich dann mit dem bataillonseigenen Sanka zum Feldverbandsplatz bringen lassen. Dort habe ich erst mal eine Tetanusspritze bekommen und man wollte den Finger abtrennen, da er nicht zu retten sei. Ich flehte den Stabsarzt an, ihn zunächst versuchsweise zu retten. Ich sollte ohnehin nach Riva/Gardasee ins Lazarett kommen. Gesagt, getan, in Riva angekommen eiterte die Wunde schon sehr, aber man bemühte sich, den Finger wieder anzunähen. Das Gelenk war zwar kaputt, aber er wuchs ganz gut an. Mit dem Sanitätszug sollten wir heim ins Reich, nach München, gebracht werden. Der Zug war voll mit Schwerverwundeten. Ich dagegen war ein leichter Fall und konnte den anderen Kameraden während der Fahrt Handreichungen mit meiner linken Hand machen. So kamen wir über den Brenner und Innsbruck schließlich nach Rosenheim. Dort hieß es, der Zug könne nicht nach München fahren, Großangriff englischer und amerikanischer Bomber auf München. Der Zug werde umgeleitet nach Salz-

115

burg. Dort kamen wir in ein katholisches Lazarett. Dort sagte einer der Ärzte nach drei Tagen zu mir, ich wolle doch sicher gern näher an meine Heimat. Er telegrafierte zum Standortlazarett Wiesbaden und fragte, ob da ein Bett frei sei. Nach ein paar Stunden kam er wieder und teilte mir mit, am nächsten Morgen könne ich fahren.

Ich kam gut in Wiesbaden an, den Arm in der Schlinge, und meldete mich beim Kommandanten des Standortlazaretts.

Lange würde ich hier nicht weilen können, ich würde wohl bald wieder hergestellt sein. Nach einigen Wochen war es soweit. Ich hatte dem alten Major R. unter Feldpostnummer mal geschrieben, dass ich im Standortlazarett Wiesbaden läge. Da schrieb er mir sofort zurück, dass ich zu ihm kommen solle, sobald ich wieder genesen sei. Das Generalkommando XII.AK. Wiesbaden Schlossplatz habe er schon angeschrieben, dass ich bei Entlassung zu ihm befohlen werden solle. In Italien war unser Bataillon zu weiterem Rückzug gezwungen. Meinen beim Bataillon befindlichen Seesack hatten die Kameraden aufgeteilt und auch mein Wehrpass ging bei Feindeinwirkung verloren. Major R. war nach einer Verletzung nicht mehr Bataillonskommandeur.

Aber, wie gesagt, ich kam nun nicht mehr zu unserem Bataillon zurück, sondern wurde zu Major R.s neuer Einheit an die Westfront beordert. Wie ich hörte, wurde unsere in Italien kämpfende Einheit ziemlich aufgerieben, viele sind beim Durchschwimmen des reißenden Po ertrunken. Viele kamen in amerikanische Gefangenschaft. Die Reste des Bataillons schlugen sich mehr schlecht als recht durch über die Alpenpässe. Darunter auch Eugen D. (*Opas Kriegskamerad und späterer Freund aus München*), der über den Olperer zog und in Mayrhofen im Zillertal herauskam. Auch Viktor S. (*dieser Kriegskamerad heiratete später Erna und zog zu ihr nach Oberfischbach*) kam so nach Deutschland.

Als ich nun zu Major R. kam, stand die Westfront bereits wieder bei St. Avold, südlich Saarbrücken, wo wir einst die Maginotlinie gestürmt hatten. Eine traurige Bilanz und es sollte auch weiterhin langsam aber sicher zurück gehen. Unter dauerndem Jagdbomberbeschuss trieben uns die Alliierten, insbesondere die frisch ausgeruhten amerikanischen Panzerverbände mehr und mehr in Richtung Deutschland zurück. Schließlich lagen wir im Herbst bei Landau, Burweiler, Edenkoben und dann ich Wachenheim/Weinstraße. Auch hier konnten wir die Sache nicht halten, waren nur noch wenige Leute. Während die Kompaniestärke im Kriegsfall wenigstens 200 Mann sein müsste, waren es jetzt noch 15 bis 20 Mann. Was kann man damit ausrichten?

Man hörte, dass bald eine Wunderwaffe eingesetzt würde, der Endsieg wäre uns sicher, aber keiner konnte mehr daran so recht glauben. Der totale Krieg war längst ausgerufen. Der totale Krieg, der sich gegen jeden und jede richtet, gegen Großmutter und auch Mutter und Kind.

Die Industriegebiete in Westfalen und auch im Rhein-Main-Gebiet, dann Ludwigshafen, Mannheim, Oppau usw. wurden schwer zerbombt. Und so ging das Jahr 1944 mit schlechten Aussichten für 1945 zu Ende.

Ich hatte ja schon 1943 prophezeit, dass wir den Krieg verlieren würden, was mir ja den Kriegsgerichtsprozess einbrachte. Seit dieser Zeit habe ich zu keiner Minute meines Soldatenlebens mehr meine schwere Pistole 08 vom Leib gelassen.

Und wenn ich mit Major R. oftmals über die Aussichtslosigkeit des Krieges sprach und mich abfällig über den Führer äußerte, sagte er oft zu mir: „F., wissen sie, dass ich sie wegen ihrer defätistischen Äußerungen jederzeit erschießen kann?" Ich sagte dann nur lachend zu ihm: „Nur geschossen, ich schieße sofort zurück!" Wir kannten uns zu gut, sonst hätte ich so manche Aussage nicht gewagt. Aber er hatte auch Respekt vor mir, denn ich war ein großer Kerl und hätte ihn jederzeit in die Tasche gesteckt.

119

1945

Dieses Jahr wurde ein in jeder Weise ereignisrei-
ches und wohl auch schicksalhaftes Jahr. Gleich
zu Beginn startete die Deutsche Wehrmacht die
sogenannte Rundstaedt-Offensive. Man griff die
Amerikaner noch mal mit allen Kräften in den
Ardennen an und konnte sie ein großes Stück zu-
rückschlagen. Doch was soll's? Das konnte nur
ein paar Tage gut gehen und so war es auch. Major R. war außer sich vor Freude und meinte:
„Jetzt geht es wieder voran!“ Und ich erwiderte:
„Herr Major, ich gebe der Sache drei bis fünf Tage, dann ist es wieder aus. Wo soll der Nachschub
an Munition, Diesel und Benzin herkommen? Und
woher soll Nachschub an sich ergebenden Perso-
nalausfällen bei Mannschaft und Offizieren kommen?“ Er war so böse, dass ich so gar keine
Hoffnung haben wollte. Aber es war so – nach
fünf Tagen war die Sache verpufft. Schließlich
mussten wir mit unserer Einheit, die auf 25 Menschen zusammengeschrumpft war, auch noch das
westliche Rheinufer verlassen. Bei Speyer ging es
über die Rheinbrücke auf das rechtsrheinische
Ufer. Hierzu ist noch zu sagen, dass man auf der
Brücke SS-Einheiten eingesetzt hatte, die verhin-
dern sollten, dass deutsche Einheiten der Wehrmacht das linksrheinische Ufer verließen. Aber
die Landser formierten sich in Zwölferreihen mit
entsicherten Maschinenpistolen im Arm und so
wurden die SS-Einheiten zur Untätigkeit verur-

teilt. Ein Schuss und die Landser der Wehrmacht hätten sie zerfetzt.

Und so wurden auf der rechtsrheinischen Seite neue Marschbataillone aus allen Resten von Einheiten aller Waffengattungen zusammengestellt. Major R.s Adjutant, ein Hauptmann Förster, wurde noch an der Brücke in Speyer wegen Bemerkungen wie „alles zwecklos, wir haben verloren" verhaftet und nach Stuttgart in eine Strafanstalt verbracht, wie ich erst später durch ein Schreiben von ihm erfuhr. Er und ich waren immer einer Meinung und mit unserem einheitseigenen Wehrmachtsempfänger hörten wir immer die Sendungen der BBC London. Wir waren genau im Bilde und zeichneten in Major R.s Lagekarte immer die Richtung der Stoßkeile der Amerikaner mit ein, worüber er sich jeweils ärgerte. Mit unserem Major zogen wir nun südlich in die Berge in dem Glauben, wir könnten die Engländer, die aus Italien kamen, noch irgendwo aufhalten. Die Amerikaner hatten bald ganz Süddeutschland erobert. Überall zogen Landserkolonnen – vorn ein Jeep, hinten ein Jeep, in langen Reihen in die Gefangenschaft.

Es kam der 30. April 1945 und wir lagen auf einem Maierhof hoch oben auf einem Berg. Da war es für mich soweit! Ich ging zu Major R. und sagte ihm, dass für mich morgen früh der Krieg aus sei, auch für die anderen Kameraden. Ich hätte ihnen befohlen, jeder einzelne möge sehen, dass er sich durchschlage und gut in die Heimat käme. Ich ließ den Fahrer von Major R. mit dem Kübel zu unserem Divisionsstab fahren, um für uns alle noch einmal die Frontzulage für den Monat Mai zu empfangen. Am Abend verteilte ich noch alle vorhandenen Lebensmittel – Brot, Büchsenfleisch usw. – und ließ alle noch einmal antreten. Ich konnte den Kameraden keine Hoffnung mehr auf einen siegreichen Ausgang des Krieges machen, im Gegenteil. Auch hatte ich Major R. inzwischen klargemacht, dass es jetzt an der Zeit sei, sich durchzuschlagen, um nicht noch in längere Gefangenschaft zu geraten. Er aber sagte, er könne das alles nicht gutheißen. Er wolle nicht zum Deserteur werden und würde sich in Prien/Chiemsee zur Führerreserve melden. Mich aber würde er versetzen zu einer Marscheinheit, damit ich nicht zum Deserteur würde.

Am nächsten Morgen verabschiedeten sich die Kumpels, mancher hatte beim Abschied Tränen in den Augen. Als alle losmarschiert waren, nahm mich Major R. mit seinem Kübelwagen, den sein Fahrer, Kamerad Schroth aus Berlin, steuerte, mit. Sie setzten mich dann in dem Ort ab, wo ich mich bei einem Marschbataillon melden sollte und fuhren weiter nach Prien.

In der Nacht vom 30.4. auf den 1.5. waren 50 cm Neuschnee gefallen. Ich war versehen mit guten Bergschuhen, Mantel und italienischem Rucksack mit Verpflegung. Am Koppel trug ich meine treue Pistole 08, geladen mit guter Messingmunition und in der Hand meine MPi 38 schussbereit und sechs Magazine am Koppel. Mein Kompass zeigte mir an, wo Nordwesten ist, und das war dann meine Marschrichtung. Ich musste vorsichtig sein, denn unten in den Bergen wimmelte es von SS-Einheiten.

Ich stapfte den ganzen Tag durch hohen Schnee und kletterte gegen Abend hoch hinauf auf einen Maierhof. Dort angekommen, befragte ich vorsichtig den Bauern, was hier los sei. Und er fragte mich zunächst: „Weißt du schon, dass sich Adolf Hitler heute erschossen hat?" Ich war überrascht und meine Antwort war „Gottseidank, ich bin mir heute den ganzen Tag wie ein Deserteur vorgekommen, aber jetzt fühle ich mich erleichtert." Denn nur auf ihn – den Führer – hatte ich jemals die Hand zum Schwur erhoben. Mit seinem Tod fiel der Treueschwur ins Wasser.

Ich schlief eine Nacht auf dem Maierhof. Am nächsten Morgen ließ ich meine MPI bei dem Bauern und verließ mich allein auf meine Pistole 08. So zog ich auch den 2. Mai wie gehabt weiter. Wo ich in dieser Nacht geschlafen habe, weiß ich nicht mehr. Am 3. Mai kam ich gegen Abend den Berg herab in ein Dorf, in dessen Nähe ich Barackenlager passieren musste. Als ich hinkam, sah ich lauter Russen auf der Wiese herumtanzen, die schon von den Amerikanern in die Freiheit entlassen worden waren. Ich sprach die Russen auf russisch an. Und ehe ich mich versah, standen ein paar Amerikaner um mich und riefen

„Hands up!" Ich sagte: „Not hands up, I am your friend." Aber schon riss mir einer der Amis die Pistole vom Koppel und ich musste in eine Baracke gehen, in der schon etliche Landser waren, die sie auch aufgefischt hatten. Am nächsten Morgen sollten wir ins Gefangenenlager nach Regensburg kommen. Flüchten konnten wir in der Nacht nicht, weil zwei Posten Wache hielten. So kam der 4. Mai 1945. Wir bekamen Kaffee und Kekse. Wir waren so etwa 20 Mann, die in Marsch gesetzt wurden. Waffen hatte keiner mehr. Ein junger Amerikaner führte die im Gänsemarsch marschierende Gruppe ab. Ich war mir schon in der vergangenen Nacht darüber klar geworden, dass ich im Gefangenenlager in Regensburg nicht ankommen würde, ich wollte abhauen. Jeder der anderen hatte eine andere Meinung. Irgendwann kamen wir durch ein erstes Dorf. Es war ein langgestrecktes Straßendorf namens Ach/Oberösterreich. Ich marschierte direkt hinter dem jungen Amerikaner in das Dorf ein. Er rauchte und hatte seinen Karabiner geschultert. Kaum ins Dorf gekommen sprang ich rechts ins zweite Haus, durch dieses hindurch in den Hof und über Mauern, fünf sechs Häuser weiter, von dort aus von hinten in ein Haus und dort auf den Dachboden. Der kleine Ami war so verdutzt, konnte mir aber nicht nachlaufen, da wären ihm alle anderen auch geflüchtet. So musste er sich mit meiner Flucht abfinden. Ich sah, dass die Gruppe dann auch ohne mich weiter marschierte. Ich bin sicher, die anderen sind ihm dann auch noch abgehauen. Es war die Rede davon, ihm sein Gewehr abzunehmen und ihn dann in die Flucht zu jagen.

Der Bauer, bei dem ich so unerwartet eingefallen war, war schwer in Ordnung. Er hieß Adam L. Er erzählte, sein Sohn sei noch bei der Wehrmacht und er habe schon lange keine Nachricht mehr von ihm. Bereitwillig gab er mir Zivilkleidung. Ich behielt lediglich meinen italienischen Segeltuch-Rucksack und meinen Militärmantel. Nun fragte ich mich, wie ich jetzt weiterkäme. Es war das Gebiet, wo Salzach und Inn ein Delta bilden und in die Donau fließen. Ich musste also zunächst über die Salzach. L. zeigte mir das Haus, wo ein Fährmann wohnte, der ab und zu Leute übersetzte. Ich machte mich also auf den Weg zu diesem Fährmann. Als ich dort dann die Haustüre öffnete, sah ich zwei baumlange Militärpolizisten von den Amis, die sich mit dem Fährmann unterhielten. Ich schlug die Türe wieder zu und haute ab zu einem anderen Haus. Der Eigentümer, ein Maurer von Beruf, machte mir auf. Ich trug ihm alles vor. Er sagte: „Geh' ans Ufer ins Schilf, da liegt ein Kahn an der Kette. Ich gehe zum Fährmann, hole die Ruder und komme hin." Gesagt, getan. Auf der reißenden Salzach ging es ans andere Ufer. Ich musste dann dem Mann helfen, den Kahn ein ganzes Stück zurückzuziehen, damit er wieder an dem Ausgangspunkt ankam. Zum Dank gab ich ihm noch Rauchware, von der ich noch hatte, da ich selbst ja Nichtraucher war. Er riet mir, den schmalen, getretenen Pfad durch die Wiesen zu gehen. Dann käme ich nach ca. einer halben Stunde an den Inn, wo eine Frau eine Fähre mit einem Drahtseil rüberziehen würde.

Ich zog also den Pfad entlang, links und rechts wuchsen dicke Sumpfdotterblumen und es war feuchter Untergrund. Auf halben Weg begegneten mir zwei Landser, noch in Wehrmachtsuniform. Es stellte sich sofort heraus, dass es sich um Österreicher handelte. Wir tauschten uns aus und sie erzählten, sie kämen aus dem Sachsenland. Sie warnten mich, dass in der Nähe der nächsten Fähre ein Dorf läge, in dem alles von Amerikaner wimmeln würde. Von weitem könne man schon die Panzer mit den orangefarbenen Fliegererkennungstüchern sehen. Ich solle ganz vorsichtig sein, sonst könne es passieren, dass ich erneut in Gefangenschaft käme. Ich machte ihnen über die Verhältnisse jenseits der Salzach Mitteilung. Mit „Grüaß Gott" verabschiedeten sie sich. Kein Mensch wollte noch das „Heil Hitler" hören.

Am Inn angekommen, fuhr mich die gute Frau hinüber. Nun musste ich Distanz zu dem Dorf halten. Ich schlich mich durch die Wälder, immer mehr bergauf und landete gegen Abend an einem Forsthaus. Der Förster sagte mir auf mein Bitten um Obdach für eine Nacht, dass überall Plakate angeschlagen seien, worauf die Amerikaner bekannt gaben, dass mit Todesstrafe belegt würde, wer einen deutschen Landser beherberge. Also machten wir aus, dass er mich gar nicht gesehen hätte. Schnell gab er mir noch ein Glas Milch und ein Stück Brot, und ich verschwand im Heuschober. Ich sagte dem Förster gleich, wenn es hell sei, sei ich wieder verschwunden. Bei Morgengrauen – Kompass raus, wo ist Nordwesten? – und los, immer durch die Wälder, auf Nummer Sicher! In der Nähe eines Dorfes sah ich vom Waldrand aus eine große Kolonne Landser wie im Trauermarsch in Gefangenschaft ziehen. Als sie durch waren, wagte ich mich ins Dorf und trat in einen Bauernhof ein. Die Bäuerin trat mir entgegen, noch voller Tränen und schluchzend, weil sie die vielen Soldaten auf dem Weg in die Gefangenschaft gesehen hatte. Doch – in ihrer Küche musste ich feststellen, machte sich ein uniformierter Franzose zu schaffen. Er war der Küchenbulle einer französischen Nachrichteneinheit, im Dienste der Amerikaner. Und oben auf dem Berg waren deren Geräte aufgebaut.

Der Franzose war aber ein Mensch ... Er erkannte zwar sofort an meinem Mantel, den ich auf dem Arm trug, dass ich ein deutscher Soldat war. Aber wir konnten uns ein wenig verständigen. Ich sagte ihm, dass ich jetzt nach Wiesbaden wolle, wo ich zu Hause sei. Wiesbaden schien er zu kennen, jedenfalls sagte er „Très bien". Und er gab mir Suppe und Brot. Und endlich konnte ich mich einmal rasieren. Die alte Bäuerin überreichte mir noch einen Knotenstock und bald darauf habe ich das Dorf wieder in Richtung Nordwesten verlassen.

Bei einem Ortsbürgermeister habe ich dann die kommende Nacht verbracht, obwohl die Todesstrafe für die Beherbergung deutscher Wehrmachtsangehöriger auf dem Spiel stand. Aber die Deutschen halfen doch ihren Landsern.

Am nächsten Morgen kam ich dann an die Donau nach Neuburg. Ich musste hinüber. Die Brücke jedoch lag zusammengeschossen. Also schwimmen konnte ich und Angst vor dem Wasser hatte ich auch nicht. So krabbelte ich über die Überbleibsel der Brücke und es ging gut. Dann war ich zunächst mal über alle Wässerchen hinweg. Am nächsten Tag schenkte mir eine Bäuerin ein altes Fahrrad. Es sei von ihrem Sohn, der schon 1943 gefallen sei. Doch leider hatte ich es nicht lange. Zwei Amiposten nahmen es mir gewaltsam ab.

An einem der nächsten Abende, wahrscheinlich war es der 6. oder 7. Mai, kam ich wieder in ein Dorf. Und wieder richtete ich meine Schritte in Richtung Bürgermeisterei. Ich fragte den Bürgermeister, ob ich über Nacht bei ihm bleiben könne. Der bejahte, es war schon ein weiterer Landser bei ihm untergeschlüpft. Dieser Kumpel sagte mir: „Du, ich komme überall durch. Die Amis haben mir einen Zettel geschrieben, wenn ich den vorlege, sagen sie immer okay und ich kann passieren." Auf dem Zettel stand: „Not a prisoner of war, he is okay, just wants to get home. Major ..." Das schrieb ich mir ab. Auf des Bürgermeisters Schreibmaschine schrieb ich den Text fein säuberlich ab. Über das Wort „major" machte ich einen unleserlichen Kritzelkratzel. Dann steckte ich das Schreiben in meine Brusttasche, wo ich noch mein Soldbuch sowie einen Personalausweis aus Wiesbaden aus dem Jahr 1928 aufbewahrte.

Nun versehen mit neuem Papier, wagte ich mich aus dem Wald heraus und auf die offene Landstraße. Amifahrzeuge fuhren mir mit Munition, Verpflegung und Treibstoff entgegen.

Nach einer S-Kurve standen zwei Posten mit Gewehr. Sie verlangten meinen Pass und ich legte ihnen das neue Schreiben vor, dazu den Ausweis aus der Besatzungszeit von 1928 (damals waren Engländer und Franzosen in Wiesbaden), der in Englisch und Französisch ausgestellt war. Nachdem sie die Papier angesehen hatten, klopften mir die beiden Wachen auf die Schulter und ließen mich passieren. Fortan ging ich nur noch auf öffentlichen Chausseen und verzichtete darauf, mich weiter durch die Wälder zu schlagen.

Nun kam der 8. Mai 1945. An diesem Tag kapitulierte die deutsche Wehrmacht zu Wasser, zu Lande und in der Luft. Keitel unterschrieb die Kapitulationserklärung. Damit war der Krieg und das Schießen aus.

Ich hatte das Gefühl, ich hätte das Leben neu gewonnen. Ich war froh und merkte meinen Rucksack auf dem Rücken gar nicht mehr, ich pfiff und sang meine alten Wandervogellieder, über mir strahlendblauer Maienhimmel, überall grünte und blühte es. Das Gefühl war einmalig und nur, wer so etwas erlebt hat, wird das nachfühlen können.

Mittlerweile war ich im Neckargebiet, bei Gundelsheim angekommen und es lagen noch viele Kilometer bis Wiesbaden vor mir.

Tatsächlich brauchte ich noch 10 Tage, ehe ich am 18. Mai 1945 nachmittags wieder mein geliebtes Wiesbadener Pflaster betrat. In diesen zehn Tagen bin ich täglich ca. 30 km marschiert und habe dann abends bei irgendwelchen Bauern geschlafen.

An besagtem 18. Mai 1945 traf ich um die Mittagsstunde in Kostheim am Mainufer ein. Drüben sah ich in der Ferne den Taunus grüßen und wollte dort unbedingt heute noch hinkommen. Ich freute mich riesig auf meine Heimkehr nach sechseinhalb Jahren Krieg und Durcheinander, nach Kampf im Schnee, Eis, Regen ...

Im Nachlass meines Opas fand sich auch sein Kompass. Ein kleines Ding, nicht größer als ein 20-Cent-Stück. Er war in ein Stück Papier eingewickelt und darauf hatte mein Opa geschrieben: „Dieser kleine Kompass half mir in Russlands weiten Wäldern oft, die richtige Richtung zu finden, und führte mich auch am Kriegsende treulich nach Hause. Dies kleine Ding ist Gold wert."

Am Mainufer war die Brücke kaputt. Der Militärverkehr wurde durch die Amerikaner per Floß aufrechterhalten. Als ein Kübelwagen kam, sprang ich einfach auf und fuhr mit ihm aufs Floß. Die Fähre zog an und ich konnte nicht mehr zurückgewiesen werden.

Es gelang mir, bis 17 Uhr in der Kirchgasse einzutreffen. Dort führte mich mein erster Weg ins Feinkost- und Obstgeschäft Knapp, Kirchgasse 38, wo meine Frau Dora tätig war. Der Empfang war eigentümlich kühl. Der Chef versprach mir, sie schnellstens heimzuschicken, ich fuhr schon voraus. Wir wohnten an der Kahlen Mühle, Schlageter Str. 138 II (heute Erich-Ollenhauer-Str.) Bei einem Gärtner kaufte ich noch schnell einen Rosenstock im Blumentopf. Den stellte ich zu Hause auf den Küchentisch und baute drum herum alles auf, was ich noch vom Bauern bekommen hatte – Speck, Haferflocken, Mehl, Brot usw. Dazu schrieb ich einen Zettel: „Meiner lieben Dora bei der Rückkehr aus dem Felde, Dein Walther." Wer aber nicht wie versprochen kam, wenigstens nicht gleich, war meine Frau Dora. Erst nach 20 Uhr kam sie und machte einen zerknitterten Eindruck. Sie erklärte mir, dass sie nicht damit gerechnet hätte, dass ich noch mal heimkehren würde. Und sie habe sich Leo, ihrem langjährigen Kriegsfreund versprochen. Sie wolle die Sache noch einmal überschlafen, aber nicht bei mir. Und so ging sie wieder. Vorher habe ich sie beschworen, alles auf das Konto „Krieg" zu verbuchen und zu vergessen, was gewesen war. Ich·

würde Anspruch auf die gemeinsame Wohnung erheben, falls sie eine Trennung vorziehen sollte.

Pfingsten kam, es war der 24. Mai, ein harter Tag für mich. Dora erschien mit ihrer Mutter und holte ihre persönlichen Dinge ab und erklärte weinend, sie habe sich für Leo entschieden. Ihre Mutter, mit der ich mich bisher immer gut verstanden hatte, sagte zu mir: „Jetzt wirfst du sie noch aus der Wohnung." Ich versuchte das, nochmals gerade zu stellen, und beschwor Dora, bei mir zu bleiben und ein neues Leben anzufangen. Doch es war vergeblich. Unter Tränen ging sie und ließ mir die Wohnung. Einesteils war ich froh, das Leben neu gewonnen zu haben, aber es schmerzte, das Liebste, was man hatte herzugeben an einen, der nie Kriegsdienst getan hatte, weil er Heereslieferant gewesen war. Nun, an den Gedanken musste ich mich gewöhnen.

Jetzt musste ich mich polizeilich wieder anmelden, beim Revier in Dotzheim. Die Nachbarn meinten, ich müsste mich melden und käme dann noch auf die andere Rheinseite in französische Gefangenschaft. Der Polizeimeister auf dem Revier gab mir eine Bescheinigung, dass ich am 30.04.1945 – ein Tag der Volkszählung – meinen Wohnsitz in der Schlageterstraße gehabt hatte, und wer den hatte, hatte kaum etwas zu befürchten.

Als Heimkehrer fand ich ein Schriftstück der Stadt Wiesbaden vor, wonach ich entlassen war, weil ich einmal der Nationalsozialistischen Deutschen Arbeiterpartei angehört hatte. Das war Verfügung der Militärregierung und niemand anderes hatte das Sagen. Jetzt musste ich sehen, dass ich irgendwie wieder zu Arbeit kam. Als ich auf dem Arbeitsamt vorsprach, bekam ich einen Fragebogen mit den üblichen Fragen, was man gewesen sei, ob man der NSDAP angehört habe usw. Da ich letzteres ja auch bejahen musste, gab es für mich nur ganz untergeordnete Arbeiten, wie Stadt enttrümmern, schippen, schippen, schippen … Eine andere Möglichkeit war, gleich in einen Bauberuf umzuschulen. Es fehlte beim Wiederaufbau an Glasern, Maurern, Zimmerleuten und Schreinern. Und so entschloss ich mich, zum Maurer umzuschulen. Ich ging zur Firma Z., deren Chef, Herrn Stadtrat Alfred Z., ich gut kannte und trug ihm alles vor. Er stellte mich zur Umschulung ein und versprach mir, mich seinem besten Polier zu unterstellen, Karl F. aus Dotzheim. So schulte ich in diesen Beruf um. Nach zwei Jahren wurde ich voll als Maurer bezahlt. Zuvor hatte ich auch noch die Gewerbeschule besucht und war der älteste Schüler in der oberen Fachklasse für Maurer.

Wenn ich nach Hause kam, war die Wohnung leer. Vom Bau nahm ich mir immer etwas Kleinholz mit und so konnte ich es mir wenigstens ein bisschen warm machen. Und wie das so ist im Leben – wenn die Not am größten ist im Leben, ist die Hilfe am nächsten.

Ein paar Häuser von mir entfernt, in der sogenannten Olympiasiedlung wohnte vor dem Krieg ein Kriegskamerad von mir. Als er in den Krieg ziehen musste, hatte er seine Frau aufgefordert, mit dem gemeinsamen Sohn, der 1941 geboren war, in seine Heimat, in ein Dorf in Nordhessen zu gehen, um vor Fliegerangriffen geschützt zu sein. Das hatte seine Frau auch getan. Nachdem der Krieg nun zu Ende war, war sie zurückgekommen. Nun musste sie feststellen, dass die Partei Ausgebombte in die vorübergehend verlassene Wohnung einquartiert hatte. Diese Leute weigerten sich jetzt, der rechtmäßigen Wohnungsinhaberin die Wohnung zurückzugeben, und sie stand nun da ohne Unterkunft.

Der Zufall wollte es offenbar, dass sie mir über den Weg lief. Nachdem sie mir alles geschildert hatte, erzählte ich ihr, dass man mir, da ich alleinstehend war, die Wohnung abnehmen wolle und an Verfolgte des Naziregimes geben wolle. So riet ich ihr, aufs Wohnungsamt zu gehen und ihre Wohnung zurückzufordern oder, falls das nicht ginge, die Wohnung von Herrn F. zu verlangen, die genauso groß war wie die ihre. Ich hoffte, vorübergehend bei ihr in Untermiete wohnen zu dürfen, bis bessere Tage kämen. Sie hatte Glück und bekam meine Wohnung zugesprochen und sie hatte sich beim Wohnungsamt auch gleich verpflichtet, mich vorübergehend als Untermieter aufzunehmen. So war ihr und mir zunächst einmal geholfen.

Ich hatte ja meinen vollen Verdienst und brachte abends Holz mit nach Hause. Sie fuhr tagsüber aufs Land, wo sie herkam, und beschaffte Krautköpfe, Bohnen, Gelee usw. Wir lebten zusammen wie eine Familie. Samstags abends, wenn der Junge schlief, gingen wir zusammen ins Kino nach Dotzheim. Ihr Mann war in Italien vermisst und sie hatte seit 1944 keine Nachricht mehr von ihm erhalten. Man musste das Schlimmste befürchten. Und so wurde aus der Notgemeinschaft so langsam ein Liebesverhältnis. In einem Zimmer hatten wir die Ehebetten meiner neuen Lebensgefährtin aufgestellt und so dauerte es nicht lange, bis ich nachts neben ihr schlief. Wir lebten aufs Geradewohl und sorgten füreinander und machten uns keine Gedanken, was kommen könnte. Ich hätte sie geheiratet. Aber das Fatale war, dass wir noch immer nicht wussten, ob ihr Mann nicht eines Tages wieder nach Hause zurückkehren würde, und ich war noch nicht geschieden. Die Gerichte nahmen ihr Arbeit erst 1947 wieder auf.

Anfang 1946 wurde meine Lebensgefährtin schwanger. Was sollten wir nun tun? Sie entschloss sich, „es wegmachen" zu lassen. In ihrem Bekanntenkreis verstand sich jemand darauf. Und plötzlich kehrte Ende März ihr Mann aus Gefangenschaft zurück und traf in Wiesbaden ein.

Wir haben ihm alles erklärt, wieso wir hier zusammengekommen sind und zusammenleben. Es war eine kameradschaftliche Aussprache, in der auch Farbe bekannt werden musste. Ich sagte ihm, dass seine Frau schwanger sei. Wenn er sich deshalb scheiden lassen wolle, würde ich sie anschließend ehelichen. Wenn er sie aber bei sich behalten und lieb halten wolle, würde ich mich zurückziehen. Er wollte keinesfalls eine Abtreibung, wollte bei ihr bleiben und wünschte sich, dass das zu erwartende Kind ein Mädchen werden würde. Dieses Mädchen wurde dann auch im Oktober 1946 geboren.

Nach dem Tod meines Opas habe ich zu seiner Tochter Kontakt aufgenommen. Sie weiß, wer ihr leiblicher Vater ist und auch meine Familie ist über die Existenz dieses weiteren Familienmitglieds informiert.

Jedenfalls konnte ich keine andere Wohnung bekommen. Es gab noch immer kaum Wohnraum. Und so mussten wir zusammenbleiben, ich eben in dem mir zugesprochenen Zimmer. Aber ich muss sagen, wir haben niemals über den abgeschlossenen Punkt Streit bekommen. Darüber wurde nie mehr ein Wort verloren.

Ich wollte eigentlich erst das Jahr 1945 abschließen, habe aber schon einiges, was ins Jahr 1946 gehört, angeschnitten.

Da nun der Ehemann meiner Lebensgefährtin wieder da war, wollte ich mich auch wieder nach einer passenden Frau für mich umsehen. Passable Weibsbilder gab es in Hülle und Fülle, viele Witwen, jung und schön. Aber zunächst war es ja erforderlich, Geld zu verdienen.

In Bleidenstadt gab es einen großen Bunker, der ja nun nicht mehr gebraucht wurde. Den wollte ich käuflich erwerben und ein Haus drauf stellen. Für diesen Bunker interessierte sich aber auch ein Firmeninhaber und der ließ mir keine Ruhe, den Bunker herzugeben. Ich dachte daran, mich mit meinen Kriegskameraden Willi Hildebrandt selbstständig zu machen und forderte im Austausch für den Bunker die Beschaffung von zwei Handmaschinen zur Herstellung von Zementdachziegeln. Das war nicht leicht, denn dafür brauchte man „Eisenscheine" und die bekam man nicht so ohne weiteres zugeteilt. Jedenfalls ist es dem Firmeninhaber gelungen, zwei solche Maschinen und über 500 Formen (Stahlbleche) zu beschaffen und ich gab den Bunker her, auf dem heute ein Wohnhaus steht.

Mein Kumpel Willi und ich machten uns unter seinem Namen selbstständig und stellten täglich einige Hundert Dachziegel her, die uns förmlich aus der Hand gerissen wurden. Auch machten wir im Rüttelverfahren Betonhohlblocksteine und

Treppenstufen, Kaminputztürchen und Beton-Kaminsteine. Wir waren ausgelastet und konnten davon leben.

Nach Feierabend konnte ich mich immer mal nach einer Heiratskandidatin umsehen. Doch noch immer war ich nicht geschieden. Man wollte mich mit dieser oder jener verkuppeln. Die eine war nicht mein Typ und eine andere, die ich gerne genommen hätte, war verheiratet und der Mann im Krieg vermisst. Sie hätte mich auch gerne genommen, aber dafür hätte sie ihren Mann für tot erklären lassen müssen, und das brachte sie nicht übers Herz. So konnte auch aus dieser Verbindung nichts werden.

Nach all den Jahren des Krieges suchten die Menschen nun wieder Geselligkeit und Vergnügen. So waren die Tanzveranstaltungen, Maskenbälle und Kappensitzungen zu dieser Zeit immer überfüllt. Die Menschen wollten wieder leben und etwas erleben.

Meine Frau Dora lebte nach wie vor mit ihrem Kriegsfreund zusammen. Sie konnte ebenso wenig heiraten wie ich, weil sie von der Nichttätigkeit der Gerichte gleichermaßen betroffen war. An Geld brauchte ich ihr nichts zu zahlen. Denn sie hatte Verfügungsgewalt über mein Konto bei der Naspa, auf das mir die Stadt Wiesbaden während des ganzen Krieges mein Gehalt weitergezahlt hatte. Dora hatte von der Verfügungsberechtigung immer Gebrauch gemacht und alles abgehoben und auf ein eigenes Konto eingezahlt. So hatte ich nur noch einen kleinen Betrag auf meinem Konto. Aber nun begann ich wieder zu sparen, da ich gar nicht alles ausgeben konnte.

So ging das erste Nachkriegsjahr mit all' seinen Schwierigkeiten zu Ende und man hoffte auf ein Jahr des Wiederaufbaus 1947. In Wiesbaden wurden die Stadtteile enttrümmert. Ganz Wiesbaden war durchzogen von kleinen Feldbahngleisen, auf denen eine kleine Lok fuhr, die so zwanzig Kipploren anhängen hatte. Überall wurde geschippt, Steine gesammelt, vom Mörtel befreit und für den Wiederaufbau aufgesetzt. Langsam kam wieder Überblick in die Stadt. Man konnte wieder durch Straßen hindurch, die vorher verschüttet gewesen waren. Die heimgekehrte Generation schuftete, um wieder Ordnung zu bekommen. Und so war es natürlich auch drüben in Mainz und in Frankfurt und überall in der damaligen amerikanischen und englischen sowie auch französischen Besatzungszone. Sämtliche Brücken über den Rhein waren kaputt, ausgenommen die Brücke bei Remagen, deren Sprengung ein deutscher Offizier verhindert hatte.
Jedenfalls gab es niemanden, der nicht mit anfasste. Arbeitslose gab es zu dieser Zeit nicht.

1947

In diesem Jahr wurde die sogenannte „Entnazifizierung" eingeläutet. Jeder Deutsche musste einen Fragebogen ausfüllen, ob er mit der NSDAP und irgendeiner derer Gliederungen zu tun gehabt hatte. Letztlich waren sie ja alle irgendwie in einer solcher Gliederung gewesen und wenn es nur die „Arbeitsfront" gewesen war. Und dann gab es noch alle möglichen anderen Einheiten: SA, SS, NSKK, HJ, BDM, Marinejugend, Frauenschaft usw. Jeder damalige Deutsche war gewollt oder ungewollt in eine solche Gliederung eingespannt. Die Entnazifizierung sollte nun die große Masse der Mitläufer entlasten und nur die bestrafen, die wirklich „Dreck am Stecken" hatten.
Als so ein Fragebogen an mich kam, habe ich ihn so ausgefüllt, dass ich nie einer Gliederung angehört hätte. Ich wusste, dass das 100-prozentig gelogen war, aber ich wollte mal sehen, was geschieht. Eines Tages bekam ich eine vorgedruckte Karte, dass ich vom Gesetz nicht betroffen sei. Damit war meine Entnazifizierung erledigt.

Auch in 1947 gab es weiterhin nichts Rechtes zu essen und man musste weiterhin „schrotteln". So geschah es, dass ich mich wieder einmal per Fahrrad, den Rucksack auf dem Rücken, bewaffnet mit Wäschestücken aus meiner „ramponierten" Ehe, auf Schrotteltour begab.

Diesmal machte ich mich auf in Richtung Watzhahn und Born und kam dort zu Anna und Otto S. Dort hatte einige Tage vorher eine Hochzeit stattgefunden. Die Tochter Elfriede hatte einen Seitzenhahner namens Wilhelm S. geheiratet. Die Schwester von Wilhelm S., Else, war zu dieser Zeit auch per Rad in Watzhahn. Nun kam ich ins Haus und fragte, ob ich nicht Speck oder ähnliches haben könnte. Die Bauern waren damals auf Tausch eingestellt. „Was haste denn zu bieten?" Ich hatte Verschiedenes, was die Bäuerin gern für ihre eben verheiratete Tochter gehabt hätte. Und so hatte ich bald ein halbes Pfund Speck in meinem Rucksack. Die Bäuerin kannte mich auch schon, denn ich hatte schon einige Male Tauschgeschäfte mit ihr gemacht. Sie sprach heimlich mit Else S., die damals eigentlich Knapp hieß, denn sie war Kriegerwitwe und hatte ihren Mann Hans Knapp schon nach kurzer Ehe verloren. Sie sagte zu ihr „Du, der ist noch zu haben. Du kannst ja, wenn er jetzt nach Bleidenstadt zurückfährt, mit ihm fahren." Auf einem Herrenrad fuhr sie dann vor mir her bis zum Kriegerdenkmal (steht heute nicht mehr) in Bleidenstadt. Dort trennten sich unsere Wege. Sie musste nach Seitzenhahn, ich hatte noch in Bleidenstadt zu tun. Es war August, und sie sagte mir beim Auseinandergehen, am 1. Sonntag im September sei in Seitzenhahn Kerb. Wenn ich kommen wollte, sei ich herzlich eingeladen.

Der Kerbetag 1947 kam heran und es regnet in Strömen. So nahm ich meinen schönen Stockschirm aus dem Etui und pilgerte hinauf nach Seitzenhahn. Dort angekommen war im Saal Frankenbach „Gasthaus zum Taunus" schon alles voll. In der Gaststube entdeckte ich Else, die offenbar schon Männergesellschaft hatte. Sie sagte mir, ich solle zu ihrer Mutter rübergehen und mir einen Stuhl geben lassen und könnte hier Platz nehmen. Ich sehe noch heute die gute Mutter S. vor dem Wandschrank stehen, wie sie mich kritisch betrachtete und mich fragte, was ich will. „Nun", sagte ich „ich soll mir im Auftrag ihrer Tochter einen Stuhl bei ihnen ausborgen." So gab sie mir einen Küchenstuhl, und ich war ganz schnell wieder drüben in der Gaststube. Ich saß links von Else, die ich ja noch nicht weiter kannte. Rechts neben ihr saß ein Freiersmann aus Niederseelbach, mit einem Stumpen im Mund, im blauen Anzug mit einem zu eng gezogenen Schlips. Der Höflichkeit halber fragte ich, ob meine Anwesenheit angenehm sei, ansonsten würde ich woanders Platz nehmen. Aber ich war genehm. Die Musik spielte Tanz für Tanz und der Herr zu Elses Rechten machte keine Anstalten, Else mal zum Tanz aufzufordern. Da habe ich mir dann erlaubt, mit der jungen Witwe zu tanzen. Und das ging fein. Auch Walzer klappte prima.

Ein Erlebnis ist mir im Zusammenhang mit meiner ersten Tanzstunde in bleibender Erinnerung ge-

blieben. Meine Großeltern interessierten sich ja für alles, was ich erlebte. So musste ich auch von meiner ersten Tanzstunde erzählen. Und Opa fragte mich, ob man da auch einen „Rheinländer Schieber" lernt. Als ich verneinte, sagte er mir, so was müsse ich können. Dieser Tanz würde auf jeder Kerb getanzt. Und er schnappte sich meine Oma, die beiden sangen und tanzten einen Schieber in der Küche, meine Opa in blauer Arbeitskluft, meine Oma in der Kittelschürze. Es zeigt, wie lebensfroh und natürlich meine Großeltern waren und wie gern sie zusammen getanzt haben.

Auf einmal wurde es wohl dem Niederseelbacher zu bunt. Er forderte Else auf, mit ihm hinauszukommen. Was sich da dann abgespielt hat, weiß ich nicht. Ich habe nur gesehen, dass er alsbald zum Dorf hinausmarschierte. So tanzte ich noch den ganzen Abend bis zum Kehraus mit Else. Am Ende war mein Stockschirm gestohlen. *Diese Geschichte hat mein Opa oft amüsiert erzählt und im Spaß oft behauptet, die Oma hätte ihn mit „Quetschekuche"(Zwetschgenkuchen) nach Seitzenhahn gelockt.*
Obwohl ich versprochen hatte, mich wieder in Seitzenhahn zu melden, ließ ich nichts mehr von mir hören. Doch eines Tages „erwischte" mich Else auf dem Bahnhof in Wiesbaden. Ich wollte wie auch sie und ihr Vater mit dem Zug nach Bleidenstadt fahren. Nun, da konnte ich mir anhören, dass ich ein falscher Fuffziger, eine treulose

Tomate sei. Das ließ ich nicht auf mir sitzen und versprach, am kommenden Sonntag zu kommen. Sonntags nahm ich die Else an die Hand und marschierte mit ihr über die Schanze nach Wambach, Schlangenbad und von dort aus nach Rauenthal. Ich nutzte die Gelegenheit, Else näher kennen zu lernen und bat sie, sich über ihr Vorleben auszulassen und war auch bereit, schonungslos über mich zu berichten. Als wir nach Hause wanderten, wusste ich, dass das meine künftige Frau werden könnte, habe jedoch nichts Festes versprochen. Aber ich ging jetzt öfter mal nach Seitzenhahn. Den Kerbequetschekuche hatte ich nicht vergessen. Ich wurde stets gut von Else betreut und fühlte, dass sie ein liebenswerter Mensch war. Ich sah auch, dass sie gut schaffen und anpacken konnte, und wusste, dass ich wohl von ihr nicht enttäuscht werden würde.

Wenn ich in Seitzenhahn war, half ich öfters mal abends dem alten August S. im Stall beim Stroh schneiden, den Gang kehren oder Dickwurzschnitzel durch die Maschine drehen. Ich fühlte mich dann ganz wohl, wenn ich auf der Bank hinterm Tisch dann mit zu Nacht essen durfte.

Eines Tages habe ich Else dann einen goldenen Ring mit einem Amethysten geschenkt und damit gewissermaßen sagen wollen, dass wir uns jetzt als Verlobte betrachten wollen. Meine Ehe mit Dora war im Sommer 1947 geschieden worden, und wir beschlossen, Weihnachten zu heiraten und künftig gemeinsam durch dick und dünn zu gehen. Der Termin wurde auf den 20.12.1947 festgelegt. All' das hat sich durch den Krieg ergeben. Ohne den Krieg wären die Weichen sicher anders gestellt worden.

Ich schleppte nun nach und nach jeden Abend meine privaten Sachen nach Seitzenhahn. Auch die Schlafzimmermöbel aus meiner Ehe mit Dora waren mir verblieben und wurden nun nach Seitzenhahn geschafft.

Am 20.12. fuhr ich noch früh nach Wiesbaden-Biebrich, um bei einem Gärtner den schon lang versprochenen weißen Fliederstrauß zu holen. Eine Stunde vor der Trauung kam ich nach Hause, und Else hatte mittlerweile schon Angst gehabt, ich würde noch im letzten Moment kneifen.
Zu Fuß musste die Hochzeitsgesellschaft nach Bleidenstadt wandern. Wir beiden sagten laut und deutlich „Ja".
In Elses Elternhaus gehörte uns ein Stübchen 3 x 3 m vorn an der Straße. Eine Bettstelle, ein frisch gesteckter Strohsack, ein Tischchen, zwei Stühle sowie ein Kanonenöfchen, das war alles.
Ich hatte zunächst Mühe, meiner Frau erst einmal Kleidung zu beschaffen. Aus einer grün gefärbten Ami-Decke wurde ein Mantel genäht. Von einem Förster aus Melsungen hatte ich einen Fuchspelz bekommen, und den machte mir ein alter Kriegs-

kamerad, der gelernter Kürschner war, schön zurecht. Schuhe ließ ich bei Christian Scheidt anfertigen, der gelernter Schuster war. Strümpfe habe ich geschrottelt.

1948

Am 20.06.1948 kam die Währungsreform. An diesem Tag verfiel sozusagen unser altes Reichsmarkgeld. Jeder Bürger erhielt als neuen Anfang 60,- DM, die ab sofort die neue Währung waren. Die Geschäftswelt hatte schon eine Menge Waren gehortet, die sie bis 21.6. auf Lager hielt, für den Neubeginn. Es gab eine Menge, was die Menschen alles brauchten, und das erhaltene Kopfgeld floss bei so manchem schnell in die Kassen der großen Kaufhäuser.

Meine gute Else musste fleißig im elterlichen Betrieb mitarbeiten. Dafür hatten wir aber Milch und Butter usw. in unserem Haushalt.
Die Seitzenhahner hatten angesichts einer so schnellen Verheiratung von Else und mir vermutet, wir hätten heiraten müssen, weil ein Kind unterwegs sei. Und ich schwor mir, ein Jahr Ehe herumgehen zu lassen, bis ein Kind kam. Und so war es dann auch. Ende des Jahres 1948 wussten wir, dass wir im nächsten Jahr zu dritt sein würden.

Mai 1948 auf der heutigen Eltviller Straße

Mit meinem Kumpel Willi betrieb ich nach wie vor das kleine Betonsteinwerk, das uns so recht und schlecht ernährte, bei viel Arbeit allerdings.

Eines Tages erschien in unserer Werkstatt ein Herr S. aus Wiesbaden. Er suchte zwei Mann, die helfen könnten, ein Bimsbetonwerk aufzubauen. Nach einem langen Hin und Her sagten wir zu und nahmen die Sache für ihn in die Hand. Wir ließen ein großes Grundstück in der Dotzheimer Straße oberhalb des Güterbahnhofs genau ins Blei verlegen, planieren, besorgten Feldbahngleis mit Drehscheibe, verlegten es und besorgten einen großen Mischer. Ich fuhr mit Herrn S. nach Bendorf, wo wir eine Zweiblockmaschine zur Fertigung von Hohlblocksteinen kauften. Und so brachten wir die Sache in Schwung. Ich war Kolonnenführer, Willi war der Maschinist. Mit sechs Mann schmissen wir den Laden und machten täglich 500 Hohlblocksteine. So ging es bis in den späten Herbst hinein. Wir verdienten gutes Geld. Großen Lagervorrat gab es nicht, die Produktion wurde immer schnell abgeholt. Kurz vor Weihnachten gab es Frost und wir legten erst einmal eine Pause ein.

1949

Im zeitigen Frühjahr ging es weiter, dieselbe Kolonne, dieselben Gesichter. Morgen pünktlicher Beginn, Feierabend war dann, wenn 500 Steine fertig waren. Doch bald wünschte der Chef mehr – 600, dann 700, dann 800, dann 900 und schließlich 1000 Stück am Tag. Wir konnten dies nur im Laufschritt schaffen. Wir wurden abends später fertig und waren müde und kaputt. Aber wir hatten etwa das Doppelte verdient, was sonst ein Maurer nach Hause bringt. Dann fuhren Willi und ich ab Bahnhof Dotzheim mit der Bimmelbahn nach Hause. Dort angekommen beschäftigte ich mich noch mit Gartenarbeit oder mit Hilfsarbeiten in der schwiegerelterlichen Landwirtschaft.

Am 10.6. verlor Else plötzlich das Fruchtwasser. Sie war gerade unterwegs nach Bleidenstadt. Da kehrte sie um und ging in ihr Elternhaus. Als ich am Spätnachmittag nach Hause kam, sah ich, dass den Aarweg ein kleiner Opel Modell P 4 mit Rotkreuzzeichen hinauffuhr. Ich dachte, der fährt sicher zu uns. Ich beflügelte meinen Schritt und tatsächlich – als ich zu Hause ankam, stand der P 4 schon dort und Else stieg ein. Für die Entbindung war sie schon im Roten Kreuz Krankenhaus in Wiesbaden angemeldet. Nun fuhr ich gleich mit. Als wir durch Bleidenstadt fuhren, begann das Fahrzeug zu mucken. Es ruckelte, rollte noch ein paar Meter und blieb dann stehen.

Was sollten wir nun tun? In Bleidenstadt gab es nur drei Autos: Eins gehörte dem Pfarrer – der war mit dem Auto unterwegs, nicht erreichbar. Eins gehörte Bäcker Schmidt – der fuhr gerade Brot und Brötchen nach Watzhahn. Die letzte Möglichkeit war der Metzger Müller. Der war gerade vom Saukauf zurückgekommen und hatte einen DKW-Zweitakter mit Kastenaufbau. Wir setzten Else schnell auf den Beifahrersitz, ich hinten rein in den Saukasten. So sausten wir nach Wiesbaden. Am Krankenhaus angekommen, trug ich Else in den Fahrstuhl, und oben bekam sie ein Krankenbett. Von Wehen war nichts zu spüren, und so behielt man sie da und schickte mich wieder nach Hause. Dort warteten alle auf ein Ergebnis. Alle paar Stunden rief ich mal im Krankenhaus an – nichts. So fuhr ich die nächsten beiden Tage auf meine Arbeit, aber Ruhe hatte ich keine. Ich trieb die Kolonne an, um möglichst früh am Nachmittag das Tagespensum erreicht zu haben, damit ich ins Rote Kreuz fahren konnte um zu hören, was nun los sei. Am 12.6. konnte ich es nachts nicht mehr aushalten. Ich nahm mein Rad und fuhr nach Wiesbaden. Dort kam ich nachts um 1 Uhr an. Ich schlich mich hinauf zur Entbindungsstation und wartete bis ich eine Schwester zu Gesicht bekam. Ich fragte sie, warum es zu keiner Geburt kam. Tagelang war das Fruchtwasser schon weg und noch immer keine Wehen. Nachdem ich wenigstens wusste, dass es Else gut ging und sie gesund war, fuhr ich mit dem Rad hinauf in die Dotzheimer Straße zum Schallenbergerschen Gelände, kletterte über den Zaun und schlief noch ein paar Stunden auf dem Grundstück und dann kamen die Kolonnenkumpels und los ging's wieder. Unter Mittag rief ich im Krankenhaus an – immer noch nichts Neues. Ich verzweifelte bald. Wieder waren wir frühzeitig mit dem Pensum fertig, und ich schwang mich aufs Rad, sauste durch die Stadt zur Schönen Aussicht. Als ich dort ankam, fuhr gerade ein Wagen vor und ihm entstieg Herr Doktor Graf, Frauenarzt, den Else schon während der Schwangerschaft konsultiert hatte. Er begrüßte mich mit den Worten: „So, Herr F., jetzt kriegen wir's." Nun wartete ich brav vor dem Kreissaal. Irgendwann ging die Türe auf, und Dr. Graf kam heraus und gratulierte mir zu einem gesunden Mädchen. Die Schwester ließ es mich von Weitem sehen. Zu Else konnte ich vorerst nicht. Morgen – hieß es. Nun eilte ich so schnell ich konnte nach Hause, um Elses Eltern die frohe Kunde zu überbringen. Ein nochmaliger Anruf im Krankenhaus ergab – Mutter und Kind wohlauf. Dann kam endlich eine Nacht, in der ich wieder ruhig schlafen konnte.

Am nächsten Tag fuhr ich nach Arbeitsende wieder ins Krankenhaus und brachte meiner Else einen Strauß rote Rosen und durfte auch das Kind kurz sehen. Else bekam das Kind, das wir „Hilde" nennen wollten, zum Stillen an die Brust.

Nach acht oder zehn Tagen holte ich Else und Hilde mit dem Taxi nach Hause. Unser kleiner Nachwuchs fühlte sich zu Hause sichtlich wohl und gedieh prächtig.

Unser Chef forderte indes immer mehr täglichen Ausstoß. Wir machten uns ganz schön fertig, denn alles ging nur im Eilschritt. Da habe ich ihm gesagt: „Ende August ist Schluss, machen sie ihren Dreck alleene." Mein Kumpel Willi und ich hatten beide schnell wieder eine andere Arbeit. Ich ging für die Dauer des Wiederaufbaus des Wiesbadener Rathauses zur Firma Westbau und habe also das Rathaus wieder mit aufgebaut, in dem ich später auf der Dienststelle der Stadtkasse selbst arbeitete. Aber noch Ende 1949 holte mich Herr S., Jagdpächter in Seitzenhahn. Seine drei Häuser in der Dotzheimer Straße waren kurz vor Kriegsende alle eingeäschert worden. Er wollte sie wieder aufbauen. Und so habe ich ihm ein ganzes Jahr dabei geholfen.

Zu erwähnen wäre noch, dass 1949 die Bundesrepublik Deutschland gegründet wurde. Der erste Bundespräsident war der alte Heuss, erster Bundeskanzler wurde Konrad Adenauer.

1950

Mit allen guten Vorsätzen gingen wir ins neue Jahr. Ich arbeitete weiter bei der Firma Emil Stoll als Maurer.

Im Februar starb innerhalb weniger Tage Elses gute Mutter Karoline. Die arme Frau hat ein ganzes Leben lang schwer arbeiten müssen. Sie war 1886 in Kirberg geboren worden, hat von frühester Kindheit in der Landwirtschaft mitgearbeitet, ehe sie eines Tages den Landwirt August aus Seitzenhahn heiratete. In Seitzenhahn musste sie ebenfalls schwer in der Landwirtschaft arbeiten. Mit 63 Jahren war sie schließlich so abgeschafft, dass nach einer Erkältung ihr Herz nicht mehr mitmachte, sie ist förmlich erstickt. Ich war dabei, als sie ihren letzten Atemzug tat. Ihr Tod war ein Verlust für die ganze Familie.

Unser Hildchen war zu diesem Zeitpunkt ein dreiviertel Jahr alt. Das Glück, ein Enkelchen zu haben, hat Karoline also noch erlebt.

Sommer 1950

Als es Sommer wurde, stellten wir fest, dass Else
wieder in anderen Umständen war. Wieder wollte
ich Else im Roten Kreuz anmelden, aber das wollte sie keinesfalls. Diesmal wollte sie zu Hause

entbinden. „Ich will nicht ins Krankenhaus, Hilde braucht ihre Ordnung." Etliche Male fuhr Else zu Dr. G., der alles für in Ordnung befand. Es hieß, das Kind solle wohl im Januar 1951 zur Welt kommen.

Aber als wir schließlich im Trauerjahr mit unserem Hildchen und dem verwitweten August S. unterm kleinen Weihnachtsbaum saßen, stellte Else fest, dass es wohl soweit sei.

Draußen lag der Schnee 50 bis 60 cm hoch und es war knackig kalt. Die Hebamme war schon lange verständigt, dass Else zu Hause entbinden wollte. Sie wohnte in Born. Nun rief ich sie an, und sie fragte mich sofort, wie sie denn bei diesem Schnee mit ihrem Moped von Born nach Seitzenhahn kommen sollte. Autos gab es damals in Seitzenhahn noch nicht. In Adolfseck gab es einen Taxiunternehmer. Den rief ich in der Heiligen Nacht an. Der Mann sagte mir, er wolle es gerne versuchen, könne mir aber nicht versprechen, dass er durch den hohen Schnee nach Born durchkäme. Doch er kam tatsächlich durch und brachte die Hebamme gegen 5.30 Uhr am 25.12. morgens an. Sie untersuchte Else und fand das Köpfchen des Kindes nicht. Daraufhin riefen wir den Hausarzt Dr. L. in Wehen an. Die Hebamme sprach selbst mit ihm und er entschied, zu kommen. Gegen 8.30 Uhr kam er mit seinem Opel P 4 angetuckert. Ich hatte unsere Schlafstube schön warm gemacht, eine 100er Glühbirne eingesetzt und im Waschkessel draußen heißes Wasser vorbereitet. Der

Arzt stellte bei Else eine Querlage fest und sagte: „Jetzt müssen wir nehmen, was wir kriegen können." Schließlich bekam er ein Beinchen zu fassen und drehte das Kind dann so lange, bis er auch ein zweites Beinchen zu fassen bekam. Er klemmte die kleinen Beine zwischen Mittel- und Zeigefinger und zog Zentimeter um Zentimeter den kleinen Körper heraus. Endlich konnte man den kleinen „Bobbes" sehen und ich sagte: „Else, drück', was du kannst, es iss e klaa Bubche!" Bald schlüpfte der kleine Kerl heraus und krähte sofort. Wir waren alle erleichtert. Das neue Jahr begrüßten wir also als stolze Eltern von zwei gesunden Kindern.

1951

Meine Arbeiten bei Emil Stoll waren mittlerweile auch zu Ende gegangen und ich bewarb mich auf eine Stelle, die im Kurier ausgeschrieben war. Ich bekam diese auch und zwar bei der Firma Buchhold und Keller, Maschinenfabrik und Buchhandel in Wiesbaden-Bierstadt. Dort wurde ich ab 1.5.1951 Versandleiter. So war ich endlich weg vom Bau. Weiterhin nahm ich aber jede Gelegenheit wahr, auf Bauten zu arbeiten, z. B. auch in Seitzenhahn, wo zu dieser Zeit viele bauten. So verdiente ich auch in meiner Freizeit so manchen

Batzen Geld, den wir immer dringend brauchten. Um unseren Kindern Zucker und Haferflocken geben zu können, fuhr ich oft mit dem Rad bis nach Zeilsheim oder Groß-Gerau an die Zuckerfabrik, wo ich die nötigen Dinge „erschrottelte".

Wie wir erfuhren, beabsichtigte Elses Vater, seinem Sohn Wilhelm Haus, Hof und Garten zu überschreiben. Wir nahmen das gelassen hin und mussten dann nur sehen, wo wir bald eine andere Unterkunft finden würden. Denn Wilhelm hatte nach der Überschreibung vor, das Haus umzubauen, und dann müssten wir baldmöglichst raus. In einer ruhigen Stunde grübelten wir, wie wir uns wohl auch ein Haus bauen könnten und trugen uns ernsthaft mit diesem Gedanken. Elses Vater sagte: „Du kannst die Dellwiese haben, wenn du darauf bauen willst." Und so fanden wir uns langsam mit der Notwendigkeit ab, das große Risiko einzugehen und nahmen das Angebot „Dellwiese" dankend an.

Im Herbst 1951 noch begann ich mit dem Ausschachten. Hierzu stand mir nur ein alter Schubkarren aus Holz vom ehemaligen Arbeitsdienst zur Verfügung. Das Achsenlager war ausgebeult und eiförmig, und der volle Karren ging immer rauf und runter und quietschte fürchterlich. Eine Bauzeichnung hatte ich mir vom Baumeister D. aus Bleidenstadt machen lassen, bei dem ich selbst etliche Monate tätig gewesen war. Wir durften nur ein „Typenhaus" bauen, 7 x 9 m. Einen Meter tief hob ich die Baugrube aus und schaffte 88 Kubikmeter Erdreich nach hinten zur Anlage eines Gemüsegartens. Jede freie Minute schuftete ich. Das Jahr ging zu Ende und die Baugrube stand voller Wasser. Die Leute im Dorf sagten höhnisch: „Der baut kein Haus, der baut ein Schwimmbad."

Wir sorgten uns, wo wir das ganze Baumaterial, Steine, Kalk, Zement, Bauholz, Isoliermittel herbekommen sollten. Und woher die Bauausrüstung? – Bretter, Nägel Eisen ...? Nun, wir sagten uns: „Kommt Zeit, kommt Rat." Und gaben die Hoffnung nicht auf.

1952

Auch in diesem Jahr fuhr ich täglich mit der Bahn von Bleidenstadt nach Wiesbaden und von dort mit der Straßenbahn nach Bierstadt.

An freien Samstagen fuhr ich mit „Maurer-Philipp" oder einem anderen LKW-Besitzer nach Wiesbaden und kaufte Abbruchsteine auf und brachte diese zum Bauplatz. Dort wurden die Steine in vielen Stunden vom alten „Speis"(*Beton*) befreit und wieder verarbeitungsfähig gemacht.

Sie stapelten sich zu Tausenden auf dem Baugelände.

Holz für das Gebälk konnte man kaum bekommen. Ich beantragte es bei unserem Förster C. Am Weißtannenweg zeichnete er uns die zu fällenden Fichten an. Sie wurden von uns selbst gefällt, und mein Schwiegervater half uns mit den Kühen beim Rausziehen und auch beim Schälen der Stämme mit dem Schäleisen. Fülle Wilhelm fuhr uns das Holz zum Beschneiden zum Sägewerk Gerster nach Schierstein und holte es uns auch später wieder. Mein Schwiegervater und ich brachen im Seitzenhahner Bruch Steine für das Fundament. Dann lagen sie ewig auf unserem Bauplatz und wurden letztlich gar nicht verbaut. Die Grundmauern wurden aus alten Backsteinen hohl gemauert und in der Mitte mit Beton ausgefüllt. Das war 1952 aber noch Zukunftsmusik. Erst gegen Spätherbst war es soweit, dass man die Fundamente ausheben und betonieren konnte. Sonntags morgens stand ich mit Else schon um vier Uhr auf. Wir gingen zusammen zum Bauplatz und machten drei bis vier Mischungen zurecht, die ab 7 Uhr, wenn noch verschiedene Helfer kamen, vermauert wurden. Meist halfen Elses Bruder, etliche Seitzenhahner und unser Opa als Handlanger. Die einen machten Speis, wir anderen mauerten. Else brachte um neun Uhr das Frühstück in einem Korb rauf, und alle saßen und aßen und tranken und rissen Witz auf Witz. Mittags um 1 Uhr war Schluss. Ich ging meistens nachmittags

159

noch einmal auf den Bau und machte sauber. So brachten wir das Kunststück fertig, noch die Kellerdecke zu betonieren und konnten diese mit Strohgarben zudecken und überwintern lassen. Eine Drainage wurde nicht gelegt, und das habe ich später arg bereut. Denn da musste ich es doch noch machen – noch einmal aufgraben, verputzen, isolieren und Drainage verlegen. Zum Einschalen hatte ich nur so viel Holz, dass ich ein Viertel des Hauses einschalen konnte. So wurde die Kellerdecke in vier Zeiten aufbetoniert. Am Jahresende waren wir froh, dass man etwas sehen konnte. Der Keller stand, wenn auch ohne Fenster und Türen.

1953

Bausteine konnte man nur gegen Zementscheine bekommen. Die waren aber kaum zu kriegen. Ich kannte aber einen Mann in Wiesbaden auf dem Querfeldsberg, der solche Zuteilungen zu erledigen hatte. Den luden wir mit seiner Frau nach Seitzenhahn ein und gaben ihm, was wir konnten an Eiern, Butter, Dosenfleisch und Dosenwurst. Dafür bekamen wir ein paar Zementscheine. Diese mussten wir zum Ankauf von Schwemmsteinen hergeben. So kamen wir langsam, immer nur auf dem „Schrottelweg" zu weiterem Baumaterial. Hilfe konnte man zu der damaligen Zeit von niemandem erwarten. Hilf dir selbst, so hilft dir Gott!

In Hohenstein hatte ich Glück. Ich konnte einen ganzen Waggon Hohensteiner Hartbranntsteine von der dortigen Ziegelei kaufen, die per Waggon nach Bleidenstadt kamen. Die S.s, die ich sehr gut kannte, hatten einen LKW. Sie halfen mir, den Waggon zu entladen, und fuhren mir die Steine nach Scitzenhahn auf unseren Bauplatz. Es waren 5000 Steine.

Ab 15.7. war ich wieder bei der Stadt Wiesbaden – Ausgleichsamt – tätig. Und das kam so: Ich hatte festgestellt, dass viele meiner früheren Kameraden wieder in Amt und Würden waren. So ging ich zum Personalamt der Stadt Wiesbaden und verlangte für meine frühere Zeit ein Zeugnis oder eine Arbeitsbescheinigung, in der Absicht, mich irgendwo zu bewerben. Der Leiter des Personalamts fragte mich, warum ich nicht wieder zur Stadt kommen wolle. Ich sagte, ich hätte nie geglaubt, dass man mich wieder nehmen wolle. „Natürlich", sagte er „wir nehmen unsere alten Leute selbstverständlich wieder auf. Wenn sie wollen, können sie morgen früh beim Ausgleichsamt, Dotzheimer Str. 1-3, wieder anfangen."
Am nächsten Morgen meldete ich mich dort beim Oberinspektor H. und Amtmann K. und war wieder eingestellt.

Am 4.11.1953 saß ich mit meiner Else in der Küche unten in der Bahnhofstr. 3, das war die Adresse von Elses Elternhaus, wo wir damals noch in unserem kleinen Stübchen 3 x 3 m lebten. Ich hatte zur Feier des Tages eine Flasche Wein aufgezogen, denn an diesem Tag wurde ich 45.

Während wir so da sitzen, kommen zwei Seitzenhahner herein, und eröffnen mir, ich müsse jetzt mitgehen. Man wolle einen Sportverein gründen, um den verständlichen Wünschen der Jugend nachzukommen. So gingen wir zu „Winke Karl" (Gasthaus Zur Guten Quelle). Ich sollte die Sache in die Hand nehmen und 1. Vorsitzender des Vereins werden, der sich ab sofort „Sportverein Seitzenhahn" nennen wollte. Ich war nämlich zugleich im Gemeinderat (war ich 20 Jahre lang), und man erhoffte sich davon, dass es mir am ehesten gelingen würde, der Gemeinde Gelände für einen Sportplatz abzuringen. Mir blieb fast nichts anderes übrig.

Ich habe die Versammlungsleitung übernommen und wurde einstimmig zum ersten Vorsitzenden gewählt. Man sagte mir: „Du bist schriftgewandt, du musst die Schreibarbeiten machen und du musst sehen, wo wir Geld her bekommen, um das Gelände planieren zu lassen usw." Also habe ich an meinem 45. Geburtstag dieses Amt angetreten und den Verein viele, viele Jahre hoch gehalten.

1954 weihten wir den Platz ein. Wir hatten damals immer nur wenig Geld. Was wir hier in Seitzenhahn einnahmen, legten wir am nächsten Sonntag für Fahrtkosten nach auswärts aus. Es blieb uns nichts. Ich habe sogar eine selbstschuldnerische Bürgschaft in Höhe von 1700,-DM übernommen. Der Verein zahlte jährliche Raten in Höhe von 100 DM an die Gemeinde zurück. Nachdem die Hälfte getilgt war, wurden dem Verein von der Gemeinde die Restschulden erlassen. *Ja, für „seinen" Verein hat Opa alles Mögliche getan. Meine Mutter hat mir erzählt, dass er bei irgendeiner Feier noch Preise für die Tombola brauchte und kurzerhand den Wäscheschrank meiner Oma nach neuwertigen und brauchbaren Dingen durchforstet hat.*

Wir haben auch über zehn Jahre lang unsere einklassige Seitzenhahner Volksschule als Hausmeister betreut. Täglich kehren, Schnee schaufeln, abends spät, gegen 22 Uhr, habe ich immer noch einmal aufgeschüttet, damit das Feuer über Nacht brannte. Morgens um 5 Uhr musste ich immer raus, um das Feuer wieder auf Hochtouren zu bringen. Im Sommerhalbjahr mussten wir zusätzlich für 60 DM monatlich das in der Schule befindliche Volksbad (zwei Wannen, zwei Brausen) bedienen und für heißes Wasser sorgen. Die Leute hatten damals noch kein eigenes Bad und kamen in Scharen mit Handtuch und Seife unterm Arm zum Baden. Bis spät am Samstag der letzte Mann das Bad verließ und wir das Bad wieder geputzt und alles in Ordnung gebracht hatten, wurde es oftmals Mitternacht.

Am Ende des Jahres 1953 war unser Bau so weit, dass das Dach drauf war und wir für das kommende Jahr an Einzug denken konnten.

1954

Die leeren Fensterhöhlen an unserem Bau waren mit Hohlblocksteinen zugesetzt. Aber im Übrigen pfiff der Wind hindurch, und der Bau fror ordentlich aus und wartete nun aufs Frühjahr. Im April und Mai wurde innen verputzt, wenigstens die Küche, Schlafzimmer und Kinderzimmer. Eine Haustüre wurde eingesetzt und auch die Fenster im Untergeschoss wurden eingesetzt. Die Küchenwände wurden mit grasgrüner Ölfarbe gestrichen.

Es kam der 25. Juni 1954. An Else 34. Geburtstag zogen wir um. Elses Vater tat der Wegzug seiner geliebten Tochter sehr leid. Zum Abendessen des 25.6. waren wir erstmals allein im eigenen Haus, das nur halbfertig war. Zwar waren Haustür und Fenster drin, aber die Türen waren provisorisch mit Decken verhängt. Noch war es Sommer, die längsten Tage des Jahres. Bis Herbst würden wir noch so manches schaffen müssen.

1955

Beim Ausgleichsamt hatte ich recht nette Vorge-
setzte. Ich wurde in der Sparte Kriegsschadenrente
eingesetzt und hatte etwa 1000 Flüchtlinge,
Kriegssachgeschädigte und Ostzonenflüchtlinge
zu betreuen. Das Lastenausgleichsgesetz mit seinen vielen Änderungen und Novellen war wirklich nicht leicht zu verstehen. Aber man schaffte
sich rein.

Durch meinen Kollegen Werner B., einem Mainzer Jungen, mit dem ich mich gut verstand, bekam
ich billig mein allererstes Auto. Es war ein Opel
Kombi. Den Führerschein besaß ich ja bereits seit
1934 und auch durch häufiges Fahren draußen an
der Front war ich das Autofahren ja gewohnt. Der
Wagen tat mir und meiner Familie gute Dienste.
Zum Beispiel haben wir sonntags früh immer unsere gute Mutter auf die Schanze *(ein Ausflugslo-
kal, heute mit Ponyhof)* gebracht, wo Else zehn
Jahre lang an Sonn- und Feiertagen gearbeitet hat,
um ein paar Mark zu verdienen. Ihre Leistungen
waren ein kleines Heldentum, das muss man hier
einmal sagen.

Ich habe den Sonntag mit Fred und Hilde zu Hause verbracht, und abends haben wir unsere Mutter
wieder abgeholt.
Hilde musste schon früh ran und den Haushalt mit
erledigen, dabei war sie doch Ostern 1955 gerade

erst zur Schule gekommen. Und auch Fred bekam beizeiten seine Aufgaben. Er hatte für Holz in der Holzkiste zu sorgen. Beide haben ihre Aufgaben stets gut erfüllt.

Unsere beiden Kinder hatten es gut. Sie schauten morgens zum Fenster raus und wenn der Lehrer aus dem Lehrerwohnhaus kam, sausten sie schnell noch vor ihm über die Straße ins Schulgebäude.

Wir hatten kein Geld, unser Haus weiter auszubauen. Jede Anschaffung fiel uns schwer. Insbesondere tat es uns leid, dass wir kein Geld hatten, um das Haus zu verputzen. Doch wenigstens mussten wir nie hungern, auch wenn es finanziell manchmal knapp herging. Wir hielten viele Jahre Hühner und hatten manchmal Enten und viele Jahre auch Hasen. In dem von uns angelegten Garten zogen wir alles, was es an Gemüse gab, und Else machte für den Winter immer viel ein.

Vor unserem Haus erfreuten wir uns alle Jahre an der herrlichen Linde. Wenn die im Juni blühte, summten Abertausende von Bienen darin. Man hörte das Brummen bis in unsere Küche. Auch auf dem Schulhof standen noch drei große Linden, und der alte Kaltwasser hatte da auch noch ein Bienenhaus.

Außer unserem Haus standen hier oben nur noch ein Haus und unter uns das Haus vom „Schulwilli", auf der anderen Seite stand das Lehrerwohnhaus und obendrüber die 1929 erbaute Schule. Oberhalb der Schule war der Schulgarten. Hier lernten die Kinder damals noch ein bisschen Gartenbau. Darüber war das kleine Wasserreservoir und dann ging ein Hohlweg in Richtung Wald. Hier am Wasserreservoir lief tagein, tagaus ein plätscherndes Wässerchen, es war ein Überlauf, wenn das Reservoir völlig voll war. Das war was für die wenigen Kinder, die hier oben aufwuchsen.

Traurig ging das Jahr 1955 zu Ende. Unser Opa, Elses Vater, August S. starb am 27.12.
Er war aus dem 1. Weltkrieg schwer kriegsbeschädigt, war verschüttet gewesen und hatte ein Blasenleiden zurückbehalten.
Am zweiten Weihnachtsfeiertag hatte er uns noch besucht und trank noch mit uns in unserer Küche gemütlich Kaffee. Dann ging er nach Hause, nicht ohne jedem von uns die Hand zu geben. Am nächsten Morgen saß er tot vor seinem Bett auf dem Stuhl.
1959 fuhren wir mit unserem alten Opel in den Sommerferien erstmals auf Campingfahrt. Es ging an den Bodensee, ins Allgäu, über Mittenwald, Seefeld(Tirol), den Zirler Berg hinunter nach Innsbruck, über Fügen ins Zillertal bis Mayerhofen und Hintertux und auch hinauf zum Spannaglhaus.

Das war nicht nur für unsere Kinder ein Ferienerlebnis, sondern auch für uns Alte. Während ich ja schon viel in der Welt herumgekommen war, hatte unsere Mutter ja noch nicht viel zu sehen bekommen.

Ich weiß noch, dass unsere erste Station Rastatt war und wir ausgerechnet an einem Bahndamm im Campinggelände lagerten. Die ganze Nacht rauschte Zug um Zug vorbei. Aber am anderen Morgen haben wir uns schön Kaffee gekocht und uns was gebrutzelt und dann ging's weiter Richtung Schwarzwald.

Auch 1960 gingen wir wieder auf Campingfahrt. Diesmal war das erste Ziel der Edersee, die Halbinsel Scheidt.

Dann gings zum Teutoburger Wald, Externsteine und Hermannsdenkmal. Über Hameln und Rinteln/Weser kamen wir auch zur Porta-Westfalika und dann auch nach Nienburg. Schließlich erreichten wir unser Endziel, die Nordsee. Über Bremerhaven kamen wir nach Dunen und Döse, wo wir auf dem Campingplatz Höpke lagerten. Der Clou dieser Fahrt war ein Besuch von Helgoland und dann der Besuch von Hamburg und eine Rundfahrt im Hamburger Hafen.

Auch 1961 konnte ich unseren Kindern wieder etwas Neues von der Welt zeigen. Unsere Ferienfahrt ging nach der Holsteinischen Schweiz. Am Plöner See konnten wir auf dem Grundstück eines

Bauern zelten. Einen Abstecher machten wir nach Kiel und Laboe zum Marine-Ehrenmal.

Unser Haus hüteten in dieser Zeit zwei ältere Leute aus Wiesbaden, Herr und Frau Herold. Sie versorgten unsere „Mutschi" und unsere Hühner und Hasen. Das war für diese Leutchen auch mal was anderes.

Weihnachten 1962 feierten meine Eltern in Leipzig ihr 50-jähriges Ehejubiläum – also die goldene Hochzeit. Ich, der jahrelang mit ihnen zerstritten war, erhielt einen Brief von meiner Mutter in dem sie schrieb, dass sie die „goldene Hochzeit" nicht feiern wollte, wenn sie nicht mit mir wieder gut wären. Nun habe ich also die ausgestreckte Hand angenommen und war von da an mit beiden Elternteilen wieder ok.

Anfang Januar 1968 heirateten die jungen Leute vorm Standesamt Bleidenstadt.

Am 7. August wurde im Josefshospital in Wiesbaden unsere Tochter von einem kleinen Mädchen entbunden, das den Namen Monika erhielt. – Monika Kugelstadt! Unsere kleine Enkelin kam nach acht Tagen nach Hause. Kinderkörbchen und alles war gerichtet. Nun wollte Hilde so bald wie möglich wieder arbeiten gehen und ihr Kind tagsüber zur Betreuung abgeben. Ich aber sagte: "Hilde, das gibt es nicht. Das Kind braucht die ersten zwei Jahre seine Mutter. Zwei Jahre solltest du zu Hause bleiben, dann sehen wir weiter." Und so kam es dann auch.

Im August wurde die kleine Moni zwei Jahre alt. Hilde trat an ihre Mutter heran, sie möge ihre Arbeitsstellen aufgeben. *(Oma hatte zwei Putzstellen in Wiesbaden.)* Sie solle das Kind hüten, damit sie unbesorgt arbeiten gehen könne. So blieb Else fortan zu Hause und versorgte unser Enkelchen.

Else und ich bebauten unseren schönen Gemüsegarten und genossen im Schatten des Mirabellenbaumes so manch schönes Kaffeestündchen.

Zu dieser Zeit hielten wir uns immer so 12 bis 15 Hühner und 1971 auch noch 20 weiße Pekingenten.

Privat fuhr ich einen Opel Rekord, der mir viel Freude machte und mich nie im Stich ließ.
Als meine Mutter wieder arbeiten ging, wurde ich tagsüber von meinen Großeltern betreut. Morgens, wenn ich aufwachte, war meine Mutter meistens schon fort. Ich stand auf und ging barfuß und im Schlafanzug die Treppen hinunter zu Opa ins Bett „huscheln", wie wir es nannten. Ich kuschelte mich zu ihm ins Bett und er musste mir Geschichten erzählen. Er erzählte mir Märchen oder selbst erfundene Geschichten. In steter Erin-

nerung sind mir die „Mäusegeschichten" geblieben, die er sich selbst ausdachte. Sie handelten von einem Mäusepärchen, das im Herbst ein Heim sucht und sich im Keller einnistet. Diese Geschichte musste er immer wieder erzählen. In den Kindergarten bin ich nie gern gegangen, denn zu Hause bei meinen Großeltern hatte ich es doch viel besser.

Wenn ich mich an meine Kindheit erinnere, denke ich an Winter mit viel Schnee, die ich geborgen in der warmen Küche bei Opa und Oma verbrachte, an Sommer im Garten, stets in der Gesellschaft der beiden. Ich durfte bei der Ernte helfen. Es gab nichts, was es im Garten meiner Großeltern nicht gab. Meine Oma hatte Mohrrüben und Bohnen, Erdbeeren, Schnittlauch und Salat. Es gab Kischbäume, Apfelbäume, Birnbäume und einen Pflaumenbaum. Wenn das Wetter gut war, war ich immer mit meinen Großeltern draußen zu finden.
Alles was geerntet worden war, wurde eingemacht oder eingefroren und meine Oma verwöhnte die ganze Familie mit den eigenen Produkten.

1972 wurde uns gegenüber die Seitzenhahner Volksschule abgerissen, was uns furchtbar leid tat. Unsere „Lindenstraße" zeigte nicht mehr eine einzige Linde. So wurde sie umgetauft und bekam den Namen „Brunnenstraße", nach dem kleinen

Brunnen, der ganz unten nahe der Hauptstraße steht.

Die Linden fielen der Axt zum Opfer. Auch der Schulgarten, in dem die Kinder so viele Jahre nebenbei den Gartenbau erlernt hatten, wurde dem Erdboden gleich gemacht. Das ganze Gelände wurde parzelliert, und es entstanden 5 Flachdachhäuser darauf. Unsere bisherige Aussicht ins Grüne wurde uns wesentlich zugebaut. Wenigstens wurde uns die Sonne nicht genommen, da es sich bei den Neubauten, wie schon gesagt, um Flachdachbauten handelte. Doch nun war es aus mit der Ruhe. Die neuen Mieter und Käufer brachten einen Haufen Kinder und Hunde mit. Die schönen Tage, wo wir hier oben allein gewohnt haben, waren vorbei. Unruhe machte sich breit. Auto an Auto stand nun in unserer Straße und der Verkehr durch die vielen neuen Menschen tat sein Übriges.

Im Sommer 1972 beschlossen unsere Tochter und ihr Mann, zu bauen. Hierfür stellten wir unserer Tochter den Grund und Boden zur Verfügung.
Hilde war froh, ich weniger. Denn alle Birnbäume, Mirabelle, Zwetsche und eine kleine Kirsche mussten der Axt geopfert werden und die Ruhe auf unserem Gelände würde auch nicht mehr die sein wie seither. Hatten wir schon vor unserem Haus keine Ruhe mehr, sollten wir nun auch noch hinter unserem Haus darauf verzichten.

So war es auch ein trauriger Moment als wir am Ende des Jahres 1972 unseren herrlichen Gemüse- und Obstgarten zum letzten Mal abräumen mussten. Moni war dabei unser einziger Lichtblick. Traurig saßen wir damals am kleinen runden Tisch in der Herbstsonne und tranken zum letzten Mal dort hinten unseren Kaffee. Und dann kamen gar bald Rammschieber und Bagger ... Die Hühner mussten weg, sie wurden geschlachtet und eingefroren. Aus war's mit unseren lieben Eierlieferanten.

Am 03.01.1975 hat mein Opa eine Liebeserklärung an die Stadt Wiesbaden niedergeschrieben, die ich keinem vorenthalten möchte:

Unser Wiesbaden

Wer es kennt, sich etwas um seine Vergangenheit Gedanken macht und wer so mit dieser Stadt verbunden ist, wie ich, der wird es immer und ewig lieben. Heute schlenderte ich, seit einem Jahr Rentner, wieder einmal durch die Stadt; man muss zur Bank, man muss in die Kaufhäuser, man muss auf den Grünmarkt. Es ist, wenn es inzwischen auch eine Viertelmillionenstadt geworden ist, immer die gemütliche Stadt geblieben, die es schon war, als ich sie am 01.05.1928 kennen lernte. Damals mit neunzehneinhalb Jahren sah ich die Stadt erstmals. Während bei der Wegfahrt von Leipzig dort von Frühling noch nicht viel zu sehen gewesen war, blühten in Wiesbadens Alleen und Straßen bereits Flieder und Kastanien in üppiger Pracht. Ich schlenderte vom Bahnhof kommend zur inneren Stadt. Im Zentrum war alles still. Es war Mittagszeit, alle Kaufhäuser und Geschäfte hatten damals von 13 bis 15 Uhr geschlossen.

Von Wiesbaden aus konnte man als Freund des Waldes, des Wildes und des Wanderns jederzeit herrliche Touren unternehmen. Ich denke oft daran, wie herrlich im zeitigen Frühjahr die Linden ausschlugen. Wie durch einen Laubengang ging man unter ihnen hinweg bis hinunter in die Schwalbacher Straße, also fast bis in die Innenstadt. Samstagabends läuteten um 18 Uhr die Glocken der Ringkirche den Sonntag ein, und wieder war eine Woche für alle fleißigen Wiesbadener herum. Wiesbaden dann in der Sonntagsfrühe zu erleben, zum Beispiel im Sommer, das war einzigartig. Herrliche Ruhe, Schwärme von Mauerseglern sausten um die Häuserblocks und wie immer wohlerzogen und wohlgekleidet gingen die Menschen zur Kirche, andere zum Morgenbummel auf die Rue, wie die Wilhelmstraße genannt wird. Wieder andere sah man hinauswandern in Richtung Klarenthal oder Sonnenberg oder hinauf durch den Wald bis zum Jagdschloss Platte.

Wiesbaden, so erzählten uns die „Alten", war eine Stadt zahlreicher Millionäre. Der Fremden- und Kurbetrieb stand allzeit in hoher Blüte. Wohlsituierte Menschen suchten in den zahlreichen Badhäusern, im heißen Quellwasser Heilung von Rheuma und Gicht. Und diese Leute ließen auch andere leben. Von der Kur lebten die alten Wiesbadener samt und sonders. Die Reichen beschäftigten Schneider und Schuster, Hauspersonal und alle möglichen anderen Dienstleistungsgewerbe. Und der Fremden wegen gingen die Wiesbadener immer adrett und sauber daher.

Als ich Hilde das Grundstück zum Bau des Hauses übergab, übernahm ich gleichzeitig auch die Mitverantwortung für das Hochziehen des Baus.
Für mich war das Jahr 1973 ein schweres Jahr. – Morgens 6.20 Uhr aus dem Haus; um 7 Uhr in der Mainzer Straße den Dienstwagen aus dem Fuhrpark holen; 7.30 Uhr Dienstbeginn bei der Stadtkasse; 9 Uhr raus zur „Kundschaft". Eigentlich hätte ich bis 15 Uhr arbeiten müssen, aber bei mir gab es damals nur eines „Geld her oder ich klebe den Kuckuck". Ich beeilte mich in diesem, meinem letzten Arbeitsjahr ganz besonders im Hinblick auf den Bau. Um 13 Uhr nahm ich das Mittagessen meist im Stehen ein, zog mich dabei schon um und schon ging's hinter auf den Bau.

Bis meine Hilde oder mein Egon heimkämen, wollte ich zu deren Freude schon ein ganzes Stück gemauert haben. Und so ging das den ganzen Sommer über.

Nach Verrichtung der letzten Maurerarbeiten passierte im Herbst 1973 folgendes: Oben auf der Decke lagen noch etliche Steine. Ich wollte die Decke frei von sämtlichen Steinen und Unrat haben und sagte unserer Hilde, sie solle die Steine „herunterschicken". Unter Schicken versteht der Maurer das Zuwerfen und Auffangen von Steinen. Die gute Hilde aber schmiss die Steine sozusagen über Bord und plumps flog mir ein 11,5er hochkant auf die Zehen. Ich ging vor zu Else und zog den Schuh aus. Als wir uns die Bescherung ansahen, war klar, dass ich in die Unfallklinik würde fahren müssen. Die legten den ganzen Unterschenkel in Gips – der große Zeh war gebrochen. Und so musste ich in den nächsten Tagen im Bett liegen und von da aus zusehen, wie das restliche Gebälk aufgesetzt und das Richtfest abgehalten wurde. Zum Richtfest, dass in der Garage des neuen Hauses abgehalten wurde, humpelte ich aber hinter .

Am 30.11.1973 schied ich als Vollziehungsbeamter der Stadtkasse Wiesbaden aus und bin seither Rentner.

Monis erster Schultag

Im August 1975 kam ich in die Schule. Opa hatte
mir im Jahr davor schon das Lesen beigebracht.
So war ich von Anfang an eine gute Schülerin.
Und gute Leistungen wurden belohnt. Wenn ich
eine gute Note hatte, gab es etwas für in die Spar-
büchse.
Ich erinnere mich an Spaziergänge mit meinem
Opa. Wir liefen zur „Unner" und dann weiter in

Richtung Aussichtsturm. Auf dem Weg achtete Opa immer darauf, dass ich eine gerade Haltung einnahm. Und er brachte mir alles Mögliche bei. Er erklärte mir, wie man die Bäume unterscheidet und wie man Vögel an der Stimme erkennt. Wenn unterwegs auf dem Waldweg Abfall lag, sammelte Opa ihn auf und steckte ihn in seine Jackentasche. Heute wäre die Tasche bereits nach kurzer Strecke voll. Damals war es noch nicht ganz so schlimm. Wenn irgendwo ein Papiertaschentuch auf dem Boden lag, bohrte Opa mit seinem Spazierstock ein Loch und bohrte das Tuch mit der Stockspitze hinein. Unordnung konnte er überhaupt nicht leiden.

Nicht zuletzt deswegen beteiligte er sich auch regelmäßig an den Veranstaltungen „Aktion saubere Landschaft".

Anfang der 70er-Jahre pflanzte Opa kleine Tannen am Rande seines Gartens. In den ersten Jahren war ich noch größer als die Tännchen. Später, als sie hoch waren, baute Opa sich mitten in diesem kleinen Wald einen schattigen Sitzplatz. Wenn man dahin wollte, musste man sich durch die stacheligen Äste der Tannen zwängen. Wenn ich Opa an heißen Tagen suchte, fand ich ihn dort. Es standen dort ein Tisch und eine Bank, gebaut aus Baumstämmen. Opa ruhte sich dort von der Gartenarbeit aus und oft leistete ich ihm Gesellschaft. Er sagte einmal zu mir: „Hier will ich einmal *sterben, mitten auf meinem Grundstück, bei der Arbeit und nicht als Pflegefall im Bett.*

Irgendwann, als Opa in Rente war und der Bau unseres Hauses abgeschlossen war, beschloss er, sich mit einer Nebenbeschäftigung etwas dazu zu verdienen. Er fand einen Schlangenbader Gärtner, der seine Hilfe benötigte. Und bald war es so, dass er in einer kleinen Straße mehrere Gärten nebeneinander pflegte. Der „Kunde" bei dem Opa am längsten gearbeitet hat, war ein Musikprofessor, mit dem ihn im Laufe der Jahre so etwas wie ein Freundschaftsverhältnis verband.

Diese beiden so ungleichen Männer einte eine gegenseitige Achtung. Mein Opa achtete das große Wissen und die künstlerische Art des Professors und amüsierte sich bisweilen darüber, wie unbeholfen der Künstler in den praktischen Dingen des Lebens war. Und der Professor richtete sich bei fast allem, was den Garten betraf, nach den Vorschlägen meines Opas. So wie auch mein Opa waren der Professor und seine Frau Katzenliebhaber und besaßen immer mehrere Stubentiger. Wenn eines der Tiere starb, wurde immer mein Opa gerufen und er musste es im Garten des Professors begraben, so wie er einst unsere Katze in unserem Garten bestattet hatte.

Der Professor bewunderte meinen Opa für seine Tatkraft und seinen Sachverstand rund um den Garten, wusste aber auch um die kleinen Eigenheiten seines raubeinigen Gärtners. An Opas Be-

erdigung sagte der Professor zu mir: „Er war mein bester Freund …" Das hat mich dazu veranlasst, den Kontakt zum Professor und seiner Frau zu pflegen. Leider ist auch der Professor mittlerweile verstorben. Vielleicht sitzen die beiden ja jetzt im Himmel auf einer Wolke und unterhalten sich.

Mein Opa im Garten des Professors. Auf diesem Foto trägt er wie meistens Gummistiefel, seine blauen Arbeitshosen und die unvermeidliche „Militärkapp".

MEINE OMA

Ich denke, es ist an der Zeit, sich an dieser Stelle einmal meiner Großmutter zu widmen. Vielleicht hat sie im Leben nicht so große Dinge erlebt wie mein Opa, aber sicher war auch ihr Leben für sich genommen sehr ereignisreich. Nur lagen ihr nie die großen Worte.

Meine Oma war der beste Mensch, den ich je kennen gelernt habe. Sie war pflichtbewusst, treusorgend, gutmütig. Sicher hat es ihr oft gefehlt, dass einmal jemand das anerkennt, was sie tut. Als Kind schon musste sie auf dem Bauernhof ihrer Eltern schwer mitarbeiten. Als sie acht Jahre alt war, verlor sie ihren kleinen Bruder. Bei einem Milchtopf brach der Griff ab, und die heiße Milch ergoss sich über den eineinhalbjährigen August. Und auch ihren ältesten Bruder, den sie wohl sehr lieb gehabt hat, verlor sie, er starb im Krieg. Später heiratete Oma und verlor ihren Mann schon nach kurzer Ehe durch den Krieg. Sie heiratete meinen Opa 1948 und blieb fast 56 Jahre, bis zu seinem Tod, mit ihm verheiratet. Schon immer versuchte sie, das anfangs bescheidene Einkommen durch eigene Arbeit aufzubessern, zusätzlich blieb ihr die Arbeit im Haushalt und Garten.

Als ich auf die Welt kam, hat sie sich uneigennützig um mich gekümmert und ich glaube, nirgendwo hätte ich es besser haben können. Wenn es ihr irgendwie möglich war, erfüllte sie mir jeden Wunsch.

182

Sie konnte herrlich kochen und verwöhnte uns alle mit ihrem guten Essen. Erst nach ihrem Tod habe ich selbst einen Braten zubereitet oder Wirsinggemüse oder Bohnen. Sie würde sich sehr freuen, wenn sie das noch erleben könnte.
Die größte Freude für sie war es, meinen kleinen Jungen noch zu erleben.
Für mich starb sie viel zu plötzlich und unerwartet. Am Abend vor ihrem Tod war ich noch bei ihr und fragte sie, ob sie mich erkennt. Und sie sagte:" Ja, die Moni ..." Das waren ihre letzten Worte. Meine gute Oma fehlt mir sehr.

Im Winter, wenn hoher Schnee lag, nahmen meine Großeltern mich häufig mit zu einem Spaziergang nach Schlangenbad-Wambach zum Cafe Wüst. Für mich war das immer ein Fest. Manchmal zogen sie mich auf dem Schlitten und wenn es bergab ging, setzte sich Opa zu mir auf den Schlitten, und wir sausten durch den Schnee. Im Cafe angekommen, gab es dann einen warmen Kakao mit Sahne und ein Stück Kuchen. Manchmal waren wir erst bei Einbruch der Dunkelheit wieder zu Hause.

Ende der siebziger Jahre machte mein Großvater eine Bekanntschaft, die ich bezeichnend dafür finde, wie er war:

Er war zu Besuch in Leipzig gewesen und befand sich auf der Heimreise mit der Bahn. Da stieg ein zwölfjähriges Mädchen zu und ihre Mutter bat meinen Opa, ein Auge auf die kleine Claudia zu haben, die allein zu ihren Großeltern nach Eisenach reiste.

Während der Fahrt kamen Walther und Claudia ins Gespräch und tauschten schließlich sogar Adressen aus. Daraus entstand eine Brieffreundschaft, die bis zum Tod meines Opas andauerte. Er hatte Freude daran, Claudia eine Freude zu machen, und schickte ihr zu Weihnachten und zum Geburtstag Präsente. Und sie sah in ihm eine Art Großvater.

Heute habe ich noch Kontakt zu Claudia, denn sie ist nur zwei Jahre älter als ich. Wenn ich mich mit ihr über meinen Opa unterhalte, spüre ich, wie viel ihr diese ungewöhnliche Freundschaft bedeutet hat. Ich freue mich über jeden, der die guten Erinnerungen, die ich an meinen Großvater habe, mit mir teilt.

Mein Opa und die Sterne ...

Die Vorweihnachtszeit im Haus meiner Großeltern war immer etwas Besonderes. Kurz vor dem 1. Advent fertigte mein Opa den Adventsständer aus dicken Tannenästen selbst an und verkleidete ihn mit Zweigen, Kerzen und kleinen Schmuckanhängern.

Nachmittags zur Kaffeezeit saßen wir dann in der Küche meiner Großeltern. Dort stand ein großer Tisch, zwei Stühle und eine Eckbank. Über der Eckbank hing eine kleine Lampe mit einem rotkarierten Schirm, die ein warmes Licht abgab. Dieses Lämpchen wurde eingeschaltet und die Kerzen am Adventsständer wurden angezündet. Der Küchenherd, der mit Holz befeuert wurde, gab eine wohlige Wärme ab. In dieser Umgebung konnte man nicht anders, man musste sich einfach geborgen fühlen.

Ebenfalls kurz vor dem ersten Advent begann für meine Oma die Weihnachtsbäckerei, und ich war als Kind mit Feuereifer bei der Sache. Am liebsten mochte ich das Ausstechen von Buttergebäck. Und jedes Jahr machte mein Opa den gleichen Scherz: Wenn wir die Ausstechförmchen hervorholten, machte er uns stets das Angebot, uns seine „Sterne" zum Ausstechen zur Verfügung zu stellen. Das waren seine dritten Zähne, die er selten trug und die meist ihr Dasein in der Plastikdose fristeten. Zur Beruhigung aller, die jemals von unseren Plätzchen genascht haben – wir haben sein Angebot immer ausgeschlagen.

1988

Eine traurige Sache war, dass wir am 18.7. unsere gute alte Mutschi wegen eines Lebertumors einschläfern lassen mussten. 13 Jahre lang, seit Herbst 1975, lebte das treue Tier mit uns, verstand jedes Wort, gehörte einfach zum Haus. Wenn sie mal länger als gewohnt ausblieb, war die ganze Familie besorgt. Und nun mussten wir sie in ihrem Revier in unserem Garten begraben.

Mein Opa hat wie ich sehr an unserem Kater Mutschi gehangen, und wir beide haben ihn gemeinsam in Opas Garten beerdigt. Ob für die Katze oder eher für mich – jedenfalls hatte er eine

*Grabrede für den Kater geschrieben, die er vor-
las. Während des Lesens brach ihm die Stimme,
und er begann zu weinen.*

„Liebes braves Mutschelchen!
Scheiden tut weh, besonders wenn man ein so
braves Tierchen, wie du es warst, der Erde übergeben muss. Du warst so treu und anhänglich und
hast jedes Wort verstanden, was wir mit dir gesprochen haben. 13 Jahre hast du dein Revier,
Haus und Hof von Mäusen frei gehalten. Deine
zerzausten Öhrchen zeugen von so manchem
Kampf, den du mit anderen Eindringlingen in deinem Revier bestanden hast. Nun hat dich in deinen alten Tagen eine tödliche Krankheit befallen,
und ich meine, es war meine Pflicht, dich vor einem grauenhaften Dahinsiechen zu bewahren.
Traurigen Herzens nehmen wir von dir Abschied.
Wir vertrauen dich der Mutter Erde an und so
magst du eingehen in den Katzenhimmel und von
oben ab und zu auf deine alte Heimstatt und dein
altes Revier herniederschauen. In unserem Hause
aber fehlt etwas, und wir brauchen Zeit, über deinen Tod und den Verlust hinwegzukommen. Wir
sind dankbar, dass es dich gab und dass wir dich
so lange haben durften. Wir werden dich sobald
nicht vergessen können und noch oft und dankbar
an dich liebes Tierchen zurückdenken. Und nun
ruhe süß inmitten deines alten Reviers, wo du

auch jetzt noch immer unter uns weilst. Ein letztes Mal sage ich „Braves Kätzchen hat der Vadder" - gehabt und braves Kätzchen hat auch die Moni gehabt und braves Kätzchen hat die ganze Familie gehabt. Schlaf wohl, geliebtes Tierchen. Uns bleibt der Trost, dass wir wissen, dass wir zeit deines Lebens in unserem Hause stets alles getan haben, was in unseren Kräften stand und wir wissen auch, dass du dich bei uns wohl gefühlt hast. Dein Gräbchen wird die Moni pflegen und wir werden angesichts dessen stets gern an unser Kätzchen zurückdenken."

Am 1.8.1988 kommt Moni mit Egon aus Südtirol zurück, und sie bringen uns ein liebes kleines Kätzchen mit, dass sich sehr bald bei uns eingewöhnt hat. Nun haben wir wieder einen lieben kleinen Hausgenossen, den wir verwöhnen können.

Im September haben wir schließlich wieder Urlaub in Bernau gemacht. Wir hoffen, dass wir gesund bleiben, damit wir auch in 1989 wieder fahren können.
Am 17.10. arbeitete ich bei einem meiner Gartenkunden in Georgenborn. Beim Verschneiden einer Hecke fiel ich bei einem gewagten Hinausbeugen von der Leiter. – Kleine Gehirnerschütterung, Rippenbruch, Prellungen und etliche Blutergüsse.

– Eine Woche Krankenhaus. Ende November war ich wieder fit.

Das Ereignis des Jahres 1988 war mein 80. Geburtstag. Über 260 schriftliche Gratulationen gingen ein, und den ganzen Tag haben mich Seitzenhahner aufgesucht und mir Glück gewünscht und Geschenke gebracht. Auch der Bürgermeister und der Ortsvorsteher, alle Vereine und eine Abordnung der Stadt Wiesbaden und zwei ehemalige Kollegen, ehemalige Vollziehungsbeamte waren da. Natürlich auch alle meine Gartenkunden. Ursprünglich hatte ich vorgehabt, diesen Tag feierlich im Feuerwehrgerätehaus zu begehen. Doch durch den erlittenen Unfall, der mir schwer zu schaffen machte, musste ich das abblasen und auch die Sänger bitten, von Gesangsdarbietungen abzusehen. Wir haben vormittags ein kleines Sektfrühstück gegeben, nachmittags Kaffee und Kuchen, und abends gab es Spießbraten und verschiedene Salate. Die ganze Familie hat geholfen – Fred und Silvia, Hilde und Moni, es hat alles bestens geklappt. Überwältigt von den vielen Gratulationen und Geschenken gingen wir nachts um zwei Uhr ins Bett.

Mehr und mehr finden sich in den Aufzeichnungen meines Opas auch politische oder gesellschaftliche Geschehnisse, Sportergebnisse, die er aus Fernsehen und Zeitung entnommen hat und die ihn wohl beschäftigt haben. Er schreibt auf, wer

189

in Seitzenhahn gestorben ist und was er im abgelaufenen Jahr im Garten und am Haus gearbeitet hat. Es ist ruhiger geworden um ihn.

Den Winter verbrachte er meist damit, dass er Briefe an die Verwandtschaft schrieb, seine Memoiren tippte oder fern sah. Er war froh, wenn der Schnee endlich schmolz, die ersten Schneeglöckchen ihre Köpfchen heraussteckten und damit das Ende des Winters einläuteten. Irgendwann konnte er den ganzen Schnee nicht mehr sehen und schaufelte Pfade über den Rasen. Für ihn war es wichtig, sich zu bewegen und eine Beschäftigung zu haben. Er liebte die Arbeit in seinem Garten.

Strahlender Glanz ohne Abtrocknen

Man kann sicher behaupten, dass mein Opa ein Naturschützer war, bevor dies zum allgemeinen Trend wurde. Wenn wir zum Beispiel im Wald spazieren gingen, hob er weggeworfene Abfälle anderer Leute auf und brachte sie zum nächsten Müllkorb. Auch hat er oftmals junge Bäumchen gekauft und sie irgendwo in der Gemarkung gepflanzt, wo er meinte, da würde sich ein Baum gut machen. Und bei der Aktion „Saubere Landschaft", die alljährlich in Seitzenhahn stattfindet, ließ er es sich auch im hohen Alter nicht nehmen, dabei zu sein. In einem der letzten Jahre ist er da-

bei sogar einmal umgefallen. Hatte er doch sein Leben lang mit niedrigem Blutdruck zu tun.

Eine Angewohnheit, die nur wenige kannten und über die wir uns immer amüsierten, war, dass er beim Geschirrspülen auf Spülmittel verzichtete, sehr zum Missfallen meiner Oma. Aber in der Dusche stand stets eine Flasche Pril. Das benutzte er anstatt Duschgel! Irgendwann habe ich meinem Opa dann unterstellt, dass er getreu dem Slogan „Strahlender Glanz ohne Abtrocknen" dieses Produkt verwendet, um Zeit zu sparen...

Jeder, der meinen Großvater kannte, weiß, dass er ungewöhnlich große Hände mit dicken Fingern hatte. Egal, welche Arbeiten er verrichtete, er tat es mit den bloßen Händen, Handschuhe trug er nie. Wenn er im Herbst den Pferdemist über den Erdbeerbüschen verteilte, tat er dies ebenso ungerührt, wie wenn er Anstreicherarbeiten mit schwarzer Lasur machte. Interessanterweise konnte er aber auch Feinarbeiten damit verrichten, wie zum Beispiel Schreibmaschine schreiben. Früher hat er sogar Zither und Gitarre gespielt.

Die Hündin Aisha von gegenüber hat die Hände meines Opas sicher geliebt. Denn er hatte es sich angewöhnt, bei seinen Einkaufstouren stets einige Döschen Hundefutter mitzubringen. Wenn Aisha nun im Nachbargarten war, holte mein Opa eine Dose Hundefutter aus dem Keller, schüttete es sich in die Hand und ließ es Aisha daraus fressen.

Uropa Walther an seinem Schreibtisch mit Tobias
Frühjahr 2003
Wie schon früher für mich malte er gern Bilder für
seinen Urenkel

Im Jahr 2003 gab es für mich zwei einschneidende Erlebnisse. Zum einen habe ich das 95. Lebensjahr erreicht, zum anderen habe ich mich von meinem geliebten Audi 100 getrennt.

So langsam merke ich, dass ich älter werde, wenn ich auch das ganze Jahr hindurch gesund und beweglich war, so macht sich doch das Alter bemerkbar. Ich habe den lieben Audi 100 also am 6.3.2003 an einen Frankfurter abgegeben, das Fahrzeug abgemeldet und bin nun in dieser Beziehung „vogelfrei". Fahrten, die ich immer allwöchentlich erledigt habe, mache ich ab nun mit meiner lieben Enkelin Moni, wie z.B. Aldi, toom, Apotheke usw.

Große Ansprüche haben meine gute Else und ich nicht mehr. Während wir früher, als unsere Kinder noch schulpflichtig waren, jedes Jahr Sommerferien an einem anderen Ort gemacht haben, bleibt uns jetzt sonntags die Hexenmühle im Ort Wisper.

Hier enden die Aufzeichnungen meines Opas.
Opa wollte stets in Würde alt werden. Seine größte Sorge war, er würde uns einmal zur Last fallen und als Pflegefall enden. Für den Zeitraum von ca. einer Woche konnten wir ihm nicht ersparen, dass wir die Hilfe eines Pflegedienstes in Anspruch nahmen. Doch er war zu Hause im Kreise seiner Lieben. Er starb am 23. April 2004.
In den letzten Tagen seines Lebens war er noch aufnahmefähig und hat seine Kinder und Kindeskinder alle noch einmal gesehen. Auf seiner Beer-

digung konnten wir sehen und fühlen, wie beliebt mein Opa gewesen ist. Schade, dass er nicht mehr erleben konnte, wie ergreifend die Feierlichkeiten waren. Ich denke, es hätte ihm gefallen. Vielleicht hat er uns ja auch von irgendwo zugeschaut.